日知文丛

可有一线穿今古

田方萌 著

浙江古籍出版社

图书在版编目（CIP）数据

可有一线穿今古 / 田方萌著 . -- 杭州 : 浙江古籍出版社，2022.11

（日知文丛）

ISBN 978-7-5540-2326-6

Ⅰ . ①可… Ⅱ . ①田… Ⅲ . ①散文集 — 中国 — 当代 Ⅳ . ① I267

中国版本图书馆 CIP 数据核字（2022）第 139712 号

日知文丛

可有一线穿今古

田方萌　著

出版发行　浙江古籍出版社

（杭州体育场路 347 号　电话：0571-85068292）

网　　址　https://zjgj.zjcbcm.com

责任编辑　周　密

文字编辑　吴宇琦

封面设计　吴思璐

责任校对　吴颖胤

责任印务　楼浩凯

照　　排　浙江时代出版服务有限公司

印　　刷　浙江海虹彩色印务有限公司

开　　本　889mm × 1194mm　1/32

印　　张　8

字　　数　180 千字

版　　次　2022 年 11 月第 1 版

印　　次　2022 年 11 月第 1 次印刷

书　　号　ISBN 978-7-5540-2326-6

定　　价　55.00 元

题献页：献给我的父亲田进勤和母亲杨大卫，他们共同培养了我对阅读的爱好。

自 序

就性质而言，本书属于游记。它与一般游记的区别在于，作者游览的对象并非景观，而是思想。换句话说，它是我多年在观念世界漫游的札记。认识这个世界之初，我惊异于世间存在千奇百怪的事物，后来更惊异于解释每种事物的一个或数个理论。这些理论构成了观念的世界，对我来说，它比物质的世界更为根本。

漫游是一种癖好，世间存在着各种“漫游癖患者”，我也是其中之一。在我们的时代，有些漫游活动得到许可甚至称赞，有些则受到贬抑。一个年轻人若想周游整个世界，似乎没有什么不妥；他若是想理解整个世界，就显得十分狂妄了。不过，有漫游癖的人无论生在何种时代，总要想方设法满足他的癖好，否则就像白活了一辈子。

我很幸运地当了一名大学教师，在人类的知识生产体系里谋得了一个职位。我热爱大学，它给了我很大程度的自由和随时可以借阅的图书。不过，今天的大学并不喜欢漫游者，它偏爱思想的定居者。我尊重定居者，也敬佩他们当中的一些人。可是要我成为他们中的一员，我就感到绝望，像要被监禁起来一样。奥地利思想家莱丁（Erik von Kuehnelt-Leddihn）曾道：“我的雄心之一是理解世界……我对单向度的永久专业化有种真正的恐惧感。”他能阅读二十种文字，涉足大部分人文和社会科学专业，还写小说和画画。我虽无望达到莱丁的学养水平，但相信我们属于同一种人。

像大多数旅行者一样，我漫游的初始动力来自对这个世界的好奇，来自满足好奇心之时的兴奋感。梁启超在给孩子的信中自陈：“我每历若干时候，趣味转过新方面，便觉得像换个新生命，如朝旭升天，如新荷出水，我自觉这种生活是极可爱的，极有价值的。”当代学者只当这是前辈们的过时作风，梁氏自己也承认这种“可爱生活”是以“泛滥无归”为代价的。漫游者似乎无根地漂泊着，不如定居者熟悉某个地方，他们对世界的认识却是整全的，视野是开阔的，心灵也是自由的。

在观念世界里旅行了一些年后，我逐渐发现，原先以为孤立的事物都有着内在的联系。它们或是共处同一舞台的不同角色，或是属于同一体系的不同层次，或是遵循同一规律的不同现象。世界并不以割裂的方式存在，可以在整体上被人类认识，我由此发现了一种体验世界的秩序感。我在求学和工作的过程中换过两次专业，先后隶属于五所大学，最终落脚在社会学的门墙下，也许不是偶然的。相比于其他科学，社会学的内部也存在分化，可有些社会学家毕竟从整全的角度，努力理解人类究竟经历了什么。

那么，可否找出一条线索，联结历史时空与现实世界？本书收录的文字就是我在思想的国度间漫游后，对这个问题给出的一些探索性的答案。根据主题的相近性，我将它们分为三组。

第一组“谈史”借助书评的形式反映了我逐步形成的历史观。

我不相信人类的理智足以准确和全面地预测未来，但他们毕竟能够认识历史发展的脉络。这组文章聚焦于近现代欧洲兴起之谜，并以中国作为参照系统，探讨古今之变的宏观动力机制。

第二组“观人”介绍和评析了数位中外人物，包括文学家、思想家、政治家和通常意义上的“成功人士”。通过探究他们在社会舞台上的言行和关系，我试图从宏观和微观层面解释其表现和成就，以此理解具体历史情景中人物的理智与情感。一个人在观念的世界漫游，总会跟随几位向导。我对古今中西的问题产生兴趣，应当说始于作家李敖。近年来通过阐释民国学人潘光旦，我重新激活了“生物保守主义”的社会思想，对早先的问题也有了新的认识。这组文章也是我个人思想史的一份记录。

第三组“论世”收集了我针对当代政策问题的一系列评论文章，这些问题都反映了现代性的症结，如老龄化、肥胖症。虽然在演化的意义上人性总在改变，但演化的速度却不适应现代社会的变迁。理解和解决当前的很多公共问题，也许应当保守地向回看，从历史中找出原因和对策。这组文章更多关注了大学招生政策，有关评论虽然针对特定的事件或趋势，背后的道理并不具有时效性，也体现了我对政策问题的基本立场。

本书题献给我的父亲和母亲，不仅因为他们养育了我。我对世界的好奇心很可能遗传自父亲，他是一位电子乐器工程师，自幼喜欢物理和音乐，曾研制过中国第一台国产电子琴。我最早从他的书架上发现了爱因斯坦和叔本华，也继承了他将多个领域的知识结合在一起的爱好。不过，我们对世界的关注点并不一致。如果说世界是一出戏剧，他专注于舞台技术，我则渴望弄懂剧情。我这方面的兴趣来自母亲的家族——母亲和她父兄都喜爱文学和历史。在某种意义上，本书也是我的父母结合的产物，我感谢他们在先天和后天方面给予我的馈赠。

本书收录的大部分文章曾发表在不同媒体上，编辑时删去了少许的重复性文字。后记《自得其乐的奥秘》介绍了心理学中的“心流理论”。我写作的动力虽然主要是“自得其乐”，也希望给读者们带来一点心流体验，达到悦己亦悦人的效果。

田方萌

2021 年立春时分于北京石佛营

目 录

谈史

观人

论世

谈史

人心尚古，世道剧变

关于物种的由来，历史上的智者们提出过四种解释。一种生物或者被上帝设计好了，或者被人类驯养改头换面，或者从其他地方迁徙而来，或者经由天然演化脱胎换骨。最后一种理论的基本原理并不复杂，传入中国的时候，它被浓缩成八字短语："物竞天择，适者生存。"生存竞争在物种之间和物种之内展开，由自然选择决定其存亡，适应度最高的个体将有利的性状遗传给后代，每一代会产生少量变异性状。我们只要花十分钟就可以向一个孩子解释清楚。然而，直到 1859 年 11 月，进化论才随着《物种起源》的出版正式问世。

当孟子遭遇达尔文

形态迥异的动植物起源于共同祖先，这一猜想长久以来匪夷所思。每一代人生活的时间太短，不可能亲眼看到新物种的产生。演化史上的自然条件不可重复，生物学家也不能像物理学家那样进行反复实验。幸运的是，动植物的驯化帮助人类理解了改良物种的渐变机制，大自然通过化石、邻近种群和 DNA 间断性地保留了物种演化的记录，今天的科学家甚至可以用计算机模拟物种在不同条件下演进的过程。在过去 150 余年间，这一切大大加深了人们对生物进化史的了解。

行为最复杂的生物莫过于人。进化论基于对动植物的观察而产生，它是否能够解释人类现象？我曾和一位专治政治哲学的朋友聊起达尔文，他立即表示："动物受制于进化规律，人类并非如此。"这位朋友的书架上码放着好几排商务印书馆出版的政治哲学书籍。在他看来，智慧的人类通过理性的思考才做出正义的选择，自然不会像动物那样受本能驱使。可近年来心理学研究的发现恰恰指向相反的事实：人类的大部分道德行为由某种情感机制推动，这种情感机制在数百万年的演化史中逐渐形成。人性像动物行为一样，是演化的产物。

社会学鼻祖孔德曾经指出，生物学是位于社会学"下位"的学科，意即社会学建立在生物学基础上。很长时间以来，社会科学家却漠视这一下位学科，在自己的领地内闭门造车。《物种起源》出版一个多世纪后，演化生物学终于开始大举进入社会科学家的视野。社会生物学"教父"威尔逊在20世纪70年代末即提出一份旨在整合多个学科的研究纲领，一些社会科学家也开始走出传统研究领域，从演化生物学的视角解释社会现象。三十年过去，各个学科几乎都取得了丰硕的成果，其中以演化心理学成绩最突出。该学科的集大成者巴斯运用大规模跨国调查，以社会科学方法验证了演化理论对人类心理的猜想。他的《演化心理学》一书已经在国内翻译出版。在美学和文学领域，《审美的人》和《文学达尔文主义》则开创了生物学和人文学的交叉性研究。后现代主义者多年来喷云吐雾，或许达尔文的文艺学传人能够给我们带来一丝清新空气。

在政治学和军事学领域，进化论也有不俗表现，当然争议就更大了。以色列军事史家甘特的《战争文明史》试图从演化生物学角度解释战争的起源和演变，就受到了《新左派评论》的猛烈抨击。进化论自诞生以来，遭到过社会达尔文主义的滥用，以后又受到纳粹主义的曲解，难怪西方人对演化理论的政治化解读非常敏感。美国政治学者阿哈特近年来著有《达尔文的自然权利》和《达尔文的保守主义》两书，让进化论为保守派的政治主张背书。结果不仅右翼的宗教势力不买账，相信进化论的自由派也持怀疑态度。

社会科学曾经从生物学那里得到过许多启发，如帕克提出的“城市生态”（urban ecology）概念。当代学者则大大拓展了生物学方法论的应用范围，在他们看来，思想发展和经济变迁都可以视作宏大的演化体系。生物学演化的基本单位是基因，有人就提出类似的文化演化单位“弥母”（Meme）。就像基因受到自然选择的无情筛选，弥母受到文化选择的有意挑选。赛蒙顿的《天才的产生：从达尔文视角看创造性》一书就据此解释为何某些科学和文艺思想能够发扬光大，而另一些被抛入了历史的垃圾堆。比因霍克的《财富的起源》将经济世界看作一个复杂体系，提倡以生物学概念作为经济研究新的“隐喻”。作者认为传统的新古典理论一味追求物理世界的力学美感，故事已经越来越难讲下去了。

笔者手头这本《神似祖先》记录了一位中国社会学者阅读生物学著作后的心得体会。作为学术界的“边缘人”，作者郑也夫喜欢到别人的地盘上进行“思想远交”。近年来，他放下手头许多工作钻研演化理论，在知天命的年纪发了一把少年狂。在这个意义上，《神似祖先》可以看作社会学家和生物学家之间的一场精彩对话——也夫让孟老夫子遭遇了达尔文。举凡灵肉、死生、人我、和战、情理、苦乐、男女、美丑等关乎人类生存的重大问题，这本书都有所涉及，其分析令人耳目一新，甚至有醍醐灌顶之感。如果说进化论“帝国主义”的时代正在来临，也夫从生物学界猎取的火种今后势必燃烧成社会学界的烈焰。

人之异于禽兽者几希?

正如也夫在《神似祖先》头一章所言，生物学的意义不只在其自身，更在于改变了我们的世界观，尤其是对人性的看法。人类的本质属性一直是古今哲人探讨不休的话题，读者们一定还记得中学教科书上的定义：人是使用和制造工具的唯一动物。这一技术决定论今天已经被生物学颠覆了。《神似祖先》列举了不少例子，说明动物也会制造和使用工具，甚至拥有技术文化。人类只不过使用了非常复杂的技术，也夫写道：“说人类是使用火的动物要比说人类是使用工具的动物更合理。”

科学似乎是区分人与动物的另一明显标志，它无疑代表了人类高超的智慧。毕竟，我们在生物学里就被称为“智人”（Homo Sapien）。可是，不少动物，如猿猴和海豚，都拥有程度不低的智能。在原始生存状态下，人类的智慧仅比其他动物略为高超，并不一定具有明显的生存优势。今天的中学生都懂得牛顿定律，是因为人类掌握了积累文化的手段。如果把爱因斯坦放到采集狩猎社会，他充其量也就设计个陷阱而已。

我曾读过也夫二十年前的一篇旧作，那时他还认为艺术是人类区别于动物的主要特征。在自然选择理论之后，达尔文进一步提出性选择学说，揭示了美感的起源。原来艺术并不为人类所专美，孔雀开屏，杜鹃啼唱，动物早就发展出了“身体彩绘”和“山歌比赛”，这些行为在进化上的远因与人类无异——只为吸引异性。在演化生物学家看来，艺术是人类显示其适应能力的昂贵展品，而审美则是识别这种适应能力的本领。优雅的舞姿体现出灵活的身体机能，嘹亮的嗓音暗示着健康的身体素质。艺术不仅不超越生存，而且直接涉及生存中的重大利益。

除去科技和艺术，似乎只有道德能将人类从野兽那里拯救出来。大多数人相信人类的道德水准高于其他动物，介乎神性和兽性之间。孟子发问：“人之异于禽兽者几希？”他的答案就是人类能够明察伦理道德。可我们先不要对自己的道德水准这么自信。如果动物家族召开全民大会，人类很可能被授予“最不道德奖”。我们为了自己的生存，总是奴役、囚禁、虐待和杀戮其他动物，甚至搞得人家濒临灭绝。我们对自己的同类也不见得多么客气。据美国社会学家蒂利（Charles Tilly）估算，文明程度最高的20世纪，也是人类因战祸死亡人数比例最高的时代。相形之下，也夫引用了洛伦斯的观察：“嗜杀同类在混血脊椎动物中是罕见的，哺乳动物中根本没有。最嗜杀的肉食动物，尤其是狼，却是所有动物世界中抑制力最可靠的。”

对灵长类等动物的研究表明，道德行为是社会性动物生存的必然要素。因此，我们最好把人与其他动物看作道德色谱上的两点，而非泾渭分明的黑白两极。我们中间的确产生了伟大的政治哲学家，他们为人类道德渗入了一点理性因素，可这仍然建立在数十万年演化而成的情感系统上。宗教信仰和伦理学的确强化了我们的道德意识，不过，与其说人类因信仰体系而行事正义，不如说信仰体系因我们的正义感而得以维持。正如生物学家瓦尔所言："我们和多种动物共享着建筑的材料。我们做的事情没什么是真正特别的。"

如果火星人在史前时期来到地球，他会发现一种使用火的直立动物。火星人收集了一些 DNA 标本，比较之后他发现，用火动物的 DNA 最接近两种灵长类，黑猩猩和倭黑猩猩。至于用火动物嘛，火星人想了想，自然应该是第三种猩猩。这故事当然是我编的，不过外星智慧生物真的存在，他们是会这样看待我们的，而不是人类自况的"万物之灵"。动物学家时常发现黑猩猩与人类行为的相似之处，其实不是黑猩猩像我们，我们就是猩猩。将人类拉下神坛并不否定人性的伟大，《神似祖先》只是强调人性其来有自，并不是从天上掉下来的。因此，研究人性不能只去教堂，更应该跑到动物园去。只有同其他动物比较，我们才能更深刻地理解人性。

在《神似祖先》的最后一章，郑也夫提出一种富有哲学意味的人类定义："人是具有可能性的动物。"人因智慧而具有文化，文化具有高度变异性，因而他认为"人的本质就是他已经没有了传统意义上的本质"。这只是针对其他动物而言，在上帝眼里，人类的可能性恐怕还是有限集，就像孙悟空跳不出如来佛的手掌心。如果达尔文猜对了，我倾向于从认识论角度给人下个定义：人是唯一知道自己真正起源的动物。

数千年未有之变局

演化生物学并不仅仅满足我们对自身起源的好奇心，还能帮助我们理解和改善当前的处境。如果我们把智人的演化史浓缩成一年，那么短短两百年的工业时代就是迎接新年的晚宴。人类在这顿“最后的晚餐”上见证了前所未有的经济增长。经济史家兰德斯（David Landes）在谈到国家贫富时说：“穷国的人担心挨饿，富国的人担心长胖。”也夫那代人对饥荒还有着深刻的记忆，他们的儿孙已经对肥胖症司空见惯了。古话说天不变道亦不变，恰恰在我们生活的年代，天变了。同历史上大多数人的生活状态相比，我们生活在一个“非典型”世界。

现代世界带给人类的好处显而易见。今天大多数人享受着保暖的服装、充足的食物、坚固的房屋和便捷的交通。科学技术当然是这一“数千年未有之变局”的直接原因，它建立在以信任为基础的劳动分工体系之上，我们日常生活的每一方面几乎都高度依赖着陌生人的工作。人类如何从不到百人的原始部落走向聚集数百万人的大都市？《神似祖先》针对这一问题做了富有启发的探索。作者认为人类强烈的亲情有时不能或不需要进行身份识别，针对非血缘群体的移情能力由此获得发展。猎物和火种等物品促进了跨部落的合作，这种合作进一步催生了复杂的语言。移情能力和语言交流为人类建立更大规模的生产组织奠定了基础，文化积累又提供了必要的技术手段，这些因素最终将人类带到了现代社会。

现代性是一把双刃剑，它同时会伤害到人类，部分因为基因变异的速度赶不上经济增长的步伐。《神似祖先》对《我们为什么生病》一书作了较为详细的介绍，这是一位生物学家和一位医学家合写的著作。现代人在享受医疗保健的同时，也面临着日益增多的“富贵病”，传染病和营养不良正在被心血管疾病、糖尿病和腰椎病所取代。也夫称后者为“生活方式疾病”，因为我们体内古老的基因并不适应现代生活方式。举例来说，笔者的远祖带有易患近视的基因，这在无文字的原始社会并不会损害他们的视力。笔者继承了这种不良基因，每天却需要处理大量文字资料，不得不戴上一副厚厚的眼镜。当然，技术产生的问题也可由技术来解决。隐形眼镜发明之后，近视患者看上去已经与常人无异。改进后的座椅也可以减轻白领工作者腰椎的压力。

现代人的肉体受到考验，他们的精神也饱受刺激。美国艺术家安迪·沃霍曾经将梦露的头像进行海量复制，暗示着我们已经进入“美女轰炸”的时代。平面和影像媒体上充斥着最漂亮的人类成员形象，吸引了长相平凡的大众注视。从演化生物学来看，美貌之所以吸引我们，乃在于我们都希望自己的后代成为拥有优良基因的俊男美女，因此身材长相是每个人择偶的重要标准。爱美之心，人皆有之，这无可厚非。可人类祖先从来没见过这么多被复制出来的“封面女郎”。尽管她们赏心悦目，在进化意义上却毫无价值。换句话说，我们的视觉系统被复制技术“欺骗”了，以致这些人造的“画皮”占用了我们太多时间和精力。

媒体技术向现代人展示了“美好生活”的可能性，结果刺激了我们奢侈的购物欲望。作为关注天下大势的学者，郑也夫在他的另一本著作《后物欲时代的来临》中对此提出批判。在人类社会的多数成员解决温饱问题之后，无聊感开始蚕食我们没有设防的心灵，商人们开始生产廉价的刺激品。人们以为存在着比他们当前生活更美妙的享受，消费过刺激品却面对着新一轮的无聊。要摆脱这种无聊，我们当然不必回到原始社会，却不妨“模拟”祖先的生活环境。俗话说“眼不见，心不烦”，祖先看不到的具有欺骗性的东西，我们也尽量少看，这样就不会总惦记着刚刚推出的时尚用品。至于省下的时间该做什么，那应当是另一篇文章的主题。

古希腊哲人伊壁鸠鲁曾言：“运气不好但是智慧的人胜过幸运的蠢人。”达尔文告诉我们，人类只是生命老树上的一条新枝，与其他枝干并无本质的区别。人类虽然因此失去了上帝赐予的好运，却也理解了进化带来的悲剧。最后让我追随时风，作一句广告词：对于探究奥秘的人，《神似祖先》自然可以满足你的好奇心；对于追求功利的人，《神似祖先》或许可以提高你的适应度。

（2010 年 6 月 9 日刊于《南方周末》，有删节）

中欧史地比较三论

探究人类文明兴衰的几种学科视角中，地理学无疑占有重要的，甚至是首要的地位。这应归功于这一学科的两大优势。首先，自然环境先于人类存在，极大程度上制约着人类的生活生产方式，并且受人类活动的影响有限，在许多方面接近于稳定不变，我们因而能够从中得出近似于单一明确的因果关系。相比之下，广义文化学的解释则含糊得多——到底是贫穷决定了封闭心态，还是封闭心态决定了贫穷？文化本身和它要解释的变量（经济增长、军事扩张）互为因果，易于滑入“鸡与蛋”式的逻辑陷阱。

其次，地理现象比生物现象和社会现象都更容易观察和测量。针对不同种族智商差异的人种学研究很难得到学者的共识，而欧亚大陆的河流分布是一般中学生都清楚的常识。存在测量问题的解释很难令人信服。地理学并不能解释全部文明现象，但至少可以让我们认识到文明发展的环境限制。正如一个世纪前英国的地理学家哈·麦金德（Halford John Mackinder）在《历史的地理枢纽》一文中所言：“起主动作用的是人类不是自然，但是自然在很大程度上占支配地位。”需要强调的是，这种限制并非决定性的，因为人类掌握了技术，在一定条件下能够采取多种可能的生存方式，从原始的采集狩猎到农耕游牧，再到工业时代的城市居住模式。

戴蒙德（Jared Diamond）在《枪炮、病菌与钢铁》一书中比较了一万年以来的人类文明史。他致力于回答这样一个问题：为什么是欧洲人横跨大西洋打垮了美洲印第安人，而不是相反。他指出，欧亚大陆横贯北温带，气候条件大体一致。因此，耕种技术易于横向传播，其他技术也容易随之传播。而呈垂直条状的美洲和非洲从南到北气候植被变化极大，不具有这一传播优势。此外，一项重要的偶然因素也决定了它们的差异——美洲和非洲都缺乏可以驯养的大型牲畜。缺乏大型牲畜意味着当地部落不可能大量征用畜力，远距离的物料运输和武力投送都受到极大限制，文明发展也因此受阻。更重要的是，驯化多种大型动物的民族很早与寄生在这些动物体内的病菌打交道，经过数次疫症的历练，渐渐获得了较强的免疫能力。与不同牛羊杂处的美洲原住民并没有这种免疫能力，这为后来他们的种族灭绝埋下了伏笔。

我们从此书可以看出地理学解释的两个基本特点。一是或然性的规律，即在某种地理条件下，文明体更有可能取得突破性的进展。二是偶然性的因素，即随机的自然资源分布可能在相当长的时段里左右人类文明的历史进程。

至于欧亚大陆两端的中国和欧洲两大文明体的表现为何不同，戴蒙德并没有作出特别深刻的解释。近年来国内外多部学术著作都涉及这一课题，作者们或多或少进行了地理学意义上的探讨。本文将简要回顾和评价这些理论，集中关注三项子题：统一与分裂、殖民地与动力革命、陆权与海权。

统一与分裂

欧洲陆地面积1016万平方公里，中国领土面积960万平方公里，几乎一般大小。然而，欧洲包含50多个国家，中国则是单一的政治实体。这还不只是现状，在有历史记载的2500年间，除了春秋战国、南北朝、五代十国和两宋时期，东亚大陆在大部分时段处于中国统一王朝的统治之下。中国的中央集权程度一直存在加强的趋势，在明清两朝达到极致。相比之下，欧洲在多数历史时期处于四分五裂的状态，只有查理曼帝国、拿破仑统治的法兰西第一帝国、希特勒统治的纳粹德国等强权曾经短暂统治欧洲大部分地区。罗马帝国似乎统一了当时的西方世界，但莱茵河与多瑙河以北地带仍在它掌控之外。这些欧陆军政强权一统天下的时代一旦结束，整个欧洲又陷入分而治之的状态。许田波的近著《战争与国家形成》比较了战国时期的东亚大陆和民族国家起源时期的欧洲，有力地论证了权力均势并非历史常态，只是欧洲的特殊历史经验。但问题在于，即使某一欧洲强权采取秦国的战略战术，全部或局部地统一了欧洲，它也很难长久维持这一局面。作为历史常态的中国统一和欧洲分治是需要解释的。

我们常常见到一种流行的地理学解释。肯尼迪（Paul Kennedy）在他的名著《大国的兴衰》里写道："那里（欧洲）没有大片的平原任凭帝国的骑兵往来驰骋，强行统治；也没有宽广富饶的河流地区，例如恒河、尼罗河、底格里斯河、幼发拉底河、黄河和长江流域，为容易征服的劳动农民群众提供食物。

欧洲的自然环境是破碎的，山岭和大森林分隔了散布在山谷里的人口中心；从北到南，从西到东，气候变化较大。这造成了若干重要的结果。首先，它使建立统一的控制很困难，即使是强有力和坚决的军阀也感到这样。同时，又减少了欧洲大陆可以被外来力量如蒙古游牧民族占领的可能性。”

扎卡瑞亚（Freed Zakaria）在他的近著《自由的未来》里，也援引了类似的观点：“欧洲是被山川阻隔的大地。高原、河谷、山脉纵横。河流流入蜿蜒曲折、利于通航的地中海沿岸海湾。地中海海岸线很长，锯齿交错。这些地理特征意味着小区域容易自给自足。所以欧洲长期历史上充满许多独立小国。他们难以被征服，容易耕耘，河川和海道提供贸易渠道。相比之下，亚洲到处是广大平原——俄罗斯草原，中国大陆的黄淮平原——大军容易长驱直入。一点都不奇怪，那些地方千年以来，都由中央帝国统治。”

这样的解释似乎有理，然而我们稍看一下中国的地形图就会发现，征服中国一点也不比征服欧洲更容易。上述流行的地理学观点概括起来主要有两条：第一，欧洲比中国存在更多的天然险阻隔断军事人员流动；第二，欧洲的海岸线比东亚的海岸线更曲折。第一点在事实上就很难讲得通，中国的平原面积的确比欧洲大，而且连贯，但中国人不仅开发了北方平原地带，也开发了江南的丘陵地带和中国西南地区的山地地带。不仅如此，甚至沙漠阻隔的西域也成了今日中国不可分割的组成部分。

第二点符合事实，也为东亚的地缘政治所验证。东亚唯一呈突出状的半岛——朝鲜半岛，自古即是独立或半独立的王国；

而日本则像英国一样长期绝缘于大陆政治。最基本的原因在于，相隔一道水域，大陆国家投送武力的规模就会受到极大限制［米尔斯海默（John J. Mearsheimer）在《大国政治的悲剧》里曾就这一点作过专门的讨论］。但是，曲折的海岸线并不能解释欧洲大陆内部的分裂状态。

因此，我们需要寻找其他面向的地理学解释。回到两千年前，西方文明世界的轮廓并非今天的欧洲，而是围绕着地中海的一系列国家。他们包括南欧的希腊、罗马，中亚的波斯，北非的埃及和迦太基。哈·麦金德曾说：“实际上，欧洲的南界过去和现在都是撒哈拉，而不是地中海；因为正是沙漠才把白人和黑人隔开的。”这些国家以农耕和畜牧作为经济基础，通过地中海的航运进行海洋贸易。它们中的任何一个要征服其他国家都是困难的，因为征服者需要统一的地理区域是一个圆周，而不像在中国是圆本身。罗马帝国侥幸做到了这一点，在它之前和之后，再没有哪一强权统治过上述大半地区。地中海格局决定了古代西方文明的政治分治状态，并且帮助塑造了西方文化传统的多元性和独立性。

上文提到，即使是罗马帝国，也没有征服莱茵河与多瑙河以北的地方。这并非因为渡河艰难——罗马人已经能够航行整个地中海。兰德斯（Davis Landes）的《国富国穷》为我们提供了线索：“答案仍然是地理因素：阔叶森林的存在。……直到公元前 1000 年，欧洲人有了铁制工具之后，他们才能开垦阿尔卑斯山脉以北原本丰饶的平原。”北方森林中的蛮族习惯于狩猎和游牧生活，因此发达农业社会的军队既难以进入森林地带，同时也很难将他们的农耕、航海文明传入。相比之下，东亚大陆只有在东北和西南等边陲地区才具有大面积的原始森林，大部分地区的土地较易开垦。一旦一个陆上强权出现，称霸往往就是个时间问题。中国以其朝贡体制作为臣服手段，在名义上进一步收归了边陲地区。

即使黄淮平原的一马平川易于大军长驱直入，但如果没有强权供养和指挥这样一支庞大军队，统一中国同样是不可想象的。在地形学之外，魏特夫（Karl August Wittfogel）等学者提出了“东方专制主义”理论，强调灌溉工程在中央帝国形成中的关键作用。为了避免降水不均带来的洪灾和旱灾，中国先民很早就开始修建大型水利设施。与此相对照，西欧“降水四季均匀，极少暴雨”（见《国富国穷》24 页），这就意味着欧洲人不必修建大规模灌溉工程。作者因此得出结论：“欧洲可靠而均衡的降水，使这里的社会和政治组织形式与古时盛行的河流文明截然不同。”

地理学解释并不否认文化因素的作用。比如，尽管各地方言众多，但表意的象形文字可以脱离发音系统独立存在，使中国使用统一的书写语言成为可能。欧洲的表音文字系统基于各国的语音系统，因而“人言言殊”。语言在国家民族的认同中发挥着极其重要的作用。“书同文”为中国历代王朝提供了强有力的文化统治工具。

综合起来，地中海文明的起源、阔叶森林的屏障、均匀分布的降水和缺乏有力的文化统治工具等因素共同造成了欧洲长期的分治状态。

殖民地与动力革命

文明演进类似物种进化——在没有强烈的外力推动下，文明体不可能出现跳跃式的发展，而是渐进地从一种文明形态转化到另一种文明形态。这种转型能否成功，取决于文明体是否突破了某些关键的“阈门”。在15世纪以后的历史中，欧洲比中国更早地走向了工业化的资本主义，正因为前者成功地突破了两大“阈门”：地理大发现和蒸汽机的使用。拓殖美洲帮助欧洲的资本主义建立了原料基地和海外市场，通过大量移民缓解了人口增长带来的生态压力；蒸汽机则帮助欧洲人从使用有机能源（畜力）转向了无机能源（煤炭）。令学者们困惑的是，这两项突破为何没有出现在看上去比中世纪欧洲更发达的明清中国？

弗兰克（Gunder Frank）在《白银资本》一书中比较了中国明代的郑和船队和哥伦布发现美洲的船队。前者无论在数量上还是体积上都大过后者数倍。单从技术上讲，中国在15世纪完全可以做出地理大发现的壮举。有好事者甚至搜罗证据，考证郑和船队到过大洋洲，甚至早在1421年就抵达美洲。问题在于，即使郑和曾经到达过那些遥远的大洲，但并没有因此改变中国和世界历史的进程。

更何况，郑和发现大洋洲和美洲的说法并没有得到史学界的共识。戴蒙德在解释中国和欧洲的政治地理时采取了类似肯尼迪的流行解释，但他关于统一与分裂效果的分析却是富有见地的。他在纽约自然博物馆的一次演讲中谈道，郑和船队和哥伦布船队都是政府资助的远洋航行。区别在于，哥伦布可以向好几个国王申请资助，郑和却只能依赖明朝皇帝的国库。葡萄牙国王缺乏兴趣，西班牙国王仍然愿意让哥伦布尝试。在地理大发现时代，欧洲呈现出百舸争流、千帆竞渡的局面；而东亚的水域上只有郑和一支皇家船队寂寞地航行。打个比方，十米开外放着一个瓷盘，用一块银圆或是一把铜钱投掷，哪种方法更容易击中目标呢？

从世界地图上看，大西洋比太平洋狭窄许多，这意味着欧洲人比亚洲人更容易发现和往来美洲。撒哈拉以南非洲到欧洲的距离也比东亚近得多，非洲奴隶、美洲种植园和欧洲工业品之间的三角贸易得以借大西洋水域展开。上天在水上世界似乎并没有眷顾东亚民族。可是，欧洲人不仅征服了美洲，还征服了远在万里之外的大洋洲，并且通过海路找到了印度和东南亚。这些地域距离东亚比欧洲近多了——已知的郑和航线就和澳洲大陆北端擦肩而过。所以，关键不在于中国人掌握的航海技术，也不在于美洲的遥远，而在于中国王朝自身并无建立海外殖民地的意图。

这里我们需要再次比较欧洲和东亚的地理格局。两者进入农业文明之后，它们的经济生活出现了显著的区别——欧洲的海洋贸易比重远超过中国，这是因为弯曲的海岸线、众多的岛屿和地中海周边文明为欧洲提供了进行海洋贸易的天然条件。反观中国，除了同朝鲜、日本、东南亚的海上贸易外，各地只能通过陆上或河流运输货物。江南到北京的重要漕运也通过一条运河进行，到了晚近才转为海运。陆运与河运的运输成本比海运高出许多，致使长途商业贸易在中国经济和文化中占据的地位都比欧洲低；而中国农业文明的发达决定了它与周边国家的贸易并不能带来多少好处。《白银资本》记述道，一直到18世纪，欧洲能与中国交换的大宗货物也就是白银和鸦片。因此，不难理解中国统治者对开拓海外殖民地缺乏动力。中国作为东亚地区的唯一霸主，并没有兴趣探索远方未知的世界。

至于蒸汽动力的发明和应用，彭慕兰（Kenneth Pomeranz）的《大分流》提出了一种新颖的史学观点，他强调英格兰的煤炭资源在工业革命中发挥了重要作用。按照彭氏基于二手史料的分析，中国江南在18世纪的经济发展水平与英格兰相差无几，但不幸煤炭资源聚集在交通不便的中国西北省份，因运输成本过高而不能开采。此外，江南和英格兰的煤矿性质也有不同。英国的矿层含水，蒸汽动力首先用于抽水；中国的煤矿均在旱地，并不需要抽水设备，也就没有发明蒸汽机的动力。如此说来，达到农业社会的发展高峰后，中国竟功亏一篑，因一项自然资源的“错位”而不能首先撞开工业化的大门。

煤矿分布是否真的构成中国发展的“阈门”？据笔者认识的一位历史学者讲，清代就有人开采辽东地区的煤层，如果江南需要，可以通过海运运输，这在经济上是可行的。如果此说属实，那么中国至少具备工业革命需要的必要条件之一。更进一步检视，我们会发现煤矿在英格兰的分布既非工业化的充分条件，甚至也非必要条件。英格兰以外，不远的法国东部就存在阿尔萨斯煤矿。这里并不是想说如果英格兰没有煤，人们可以将阿尔萨斯的煤运过去——那同样所费不赀。问题在于，一项技术的发明和首次应用完全可以在两个地方，这在西方科技史上有过许多例证。如果英国没有煤矿，一种可能是，瓦特改进的蒸汽机在英国得不到应用，他会转而在欧洲其他地区寻找煤矿；另一种可能是，欧洲其他地区也有人像瓦特一样改进蒸汽机。

从农业文明到工业文明，人类变得能够在更多维度发挥自己的潜能，很大程度上摆脱了地理障碍的限制。在工业文明的起源问题上，文化学也很可能比地理学更富有解释力。彭慕兰称，中国古人早已掌握了活塞工作的原理，只是巧妇难为无米之炊罢了。然而正如他的一位书评作者所言："了解'基本科学原理'不能等同于实践中的应用，不能代替复杂的实验和分析，更不等同于大规模应用后对整个社会经济产生深刻影响。"（伍国《中国为什么没有发明蒸汽机》）从原理到技术再到大规模应用，这背后有一大套制度和文化因素在发挥作用。地理因素或许可以解释为何蒸汽机最早出现在英国，却不能解释蒸汽机为何出现在欧洲——前一偶然性包含在后一更大的或然性之中。而更大的或然性又间接地源自欧洲分而治之的政治地理格局——欧洲国家长期相互竞争相互交流，加强了对技术的重视，便利了科技知识的传播。

政治分治的好处容易引诱我们得出结论：中国如果分而治之，可能会取得比今天更好的发展成绩。可是，并非所有分治的区域，如东南亚和阿拉伯世界，都出现了国富民强的大好局面。在全球化时代，一流大国的单位规模也比早年的欧洲民族国家大了许多，甚至欧洲也不得不拼接起来同其他大陆国家竞争。

中国的地理规模和政治统一在特定条件下，倒可能恰恰成为一种优势。为政者需要保持国门开放，积极引进先进的观念和技术。

陆权与海权

地理大发现以前，欧亚大陆多数文明体常常只设陆军。如果添置海军，也只有辅助性的功能。这是因为无论对于农耕社会、游牧社会还是更为原始的采集狩猎社会，占有土地都是关乎生存的头等大事，人类对陆权的重视程度也就远远高于海权。直到近代，马汉（Alfred Thayer Mahan）等军事学者才逐渐提出海权理论，将海权的重要性置于陆权之上。地理大发现以后国际贸易大幅增加，西方国家渴望占据海外殖民地以控制经济资源，海权观念的提升和海权意识的强化，是这一历史背景下的产物。

然而，即使是在15世纪以前，欧洲国家仍然具有比中国更强的海权意识，这同两者的地理环境直接相关。“统一与分裂”一节述及，环地中海诸国组成了古代西方的核心地区，这些国家的财富除了农业经济，很大一笔来自海洋贸易。谁控制了海权，谁就控制了海洋贸易；反过来，谁进行海洋贸易，谁就需要海军保护。除了大规模陆战，罗马同迦太基的三场海战最终奠定了它在西地中海的统治地位。更早时候，希腊城邦国家在同波斯的多次海上角逐中确立了自己的海上霸主地位。

反观中国，19世纪以前几乎没有真正来自海上的武装力量能够威胁到大陆政权。历次主要的王朝战争均系陆战，至多借助水师渡河作战。中国的主要威胁来自另一股陆上力量，即匈奴、蒙古、女真等北方游牧部落。游牧民族居无定所，剩余经济资源较少，不像中原农业社会那样发展出精致灿烂的文明。但北方牧人掌握了古代最重要的机动性力量——马匹，作战能力往往超过农业民族。中国历代王朝只有两种选择，或是供养一支强大的陆军并修筑庞大的防御工事对抗北方游牧部落，或是被对方攻占。而游牧部落一旦取得中央政权，往往会放弃游牧生活，融入农耕经济。这是因为在农耕经济下，统治集团更容易通过赋税取得经济上的剩余。无论农耕社会和游牧民族力量如何消长，他们的战场都在陆地上，海权观念很难进入东亚战略家的脑海。

值得一提的例外是郑成功的海上帝国。倪乐雄的《从海权和社会转型的角度看郑氏水师》一文论述了郑氏集团以海洋贸易和掠夺作为经济基础，在东亚历史上首次对大陆政权构成了实质威胁。清政府因对抗郑氏集团认识到控制海洋的必要性，最终通过启用施琅夺取了台湾海峡的制海权，迫使郑氏集团投降。可惜，清廷在此后又回到了重视陆权忽视海权的传统思维定式，直到欧洲人的炮舰重新唤回他们的海权意识。

工业革命以后的两百年间，西方国家总结争夺全球殖民地和世界大战的经验教训，发展出成熟的海权理论和空权理论。那么，陆权在海权、空权并举，核武器也已经出现六十多年的今天具有怎样的地位？米尔斯海默（John J. Mearsheimer）在《大国政治的悲剧》一书中提出了一个鲜明却值得商讨的观点——海权和空权直到今天也不如陆权重要。他基于工业革命以后的一些战争实例说明，控制海权后的贸易禁运和控制空权后的城市轰炸并不能迫使敌方投降，至少难以在短期内取得胜利。而在“相互确保防御（MAD）”的核恐怖下，己方和敌方都不敢轻易使用核武器。因此，陆战还是达到胜利的基本手段，陆军是国家军事武装最重要的组成部分。

米氏观点的偏颇在于，它混淆了取得战争的最终胜利和控制战略空间两者之间的关系。工业化时代的大国战争因争取海外资源而起，许多战场也在海外，军事力量的远距离投送成为至关重要的问题。如果没有海军和空军取得制海权和制空权，再强大的陆军也不过是瓮中之鳖。“二战”中，盟军控制太平洋的海权和空权后，日本实际上已经输掉，因为它赖以生存的海洋生命线已经被切断。这就好比拳击手将他的对手封堵在赛场的一角，对方虽然还没有出局，但败绩已成定势。当然，最后可能还要陆军出面收拾残局，迫使敌方在本土失守的威胁下无条件投降。

（2006 年 5 月）

西方兴起的六脉神剑

西方陷入了焦虑。这种焦虑既来自对反恐战争漫无尽头的不满，也来自对非西方国家迅速崛起的担忧。去年（2011）美国信用评级下调，欧洲债务危机加剧，而中国和其他“金砖”国家持续推动着全球增长。据高盛公司预测，2027年中国的经济规模将超过美国，尽管前者的人均收入仍低于后者。与美国以前的竞争对手相较，中国不同于属于西方阵营的德国，迥异于增长缓慢的苏联，也不像后劲乏力的日本。自从取得全球霸权，西方世界还是首次遭遇来自非西方文明的全面挑战。

文明何来，众说纷纭

西方人当前的危机感引发了一股“寻根”热潮。如果其他文明也能够成功现代化，甚至超越西方，那么西方保持优势的传家宝何在？换句话说，西方何以成为西方，又何以取得全球主导地位？非西方国家的人们同样思考着这些问题。早在1713年，奥斯曼作家易卜拉欣（Ibrahim）即发问：“过去与穆斯林国家相比实力微不足道的基督教国家，为何在现代逐渐统治了如此广大的地域，甚至打败了曾经常胜的奥斯曼军队？”在中国，人们更熟悉这一问题的否定形式，即所谓的“李约瑟难题”——

中国为何没有出现科学革命并走向工业社会？既然受到赢家和输家共同关注，解答这一谜题的著作便成了出版界的好生意。哈佛大学历史学教授尼尔·弗格森（Niall Ferguson）近期推出的《文明——西方世界与其他地区》即是其中之一。

开宗明义，弗格森书中的“文明”并非“温良恭俭让”之类的道德水准（civility），而是指人类社会的发达程度（civilization）。举例来说，“抗战”期间，日军在中国的暴行十足野蛮，然而就作战能力而言，日本仍然是比中国更“文明”的国家。当然，这两种文明概念也有着紧密关系。弗格森在书中提道，日本人在明治维新后搞不清西方怎么阔起来的，于是将西服、礼帽和帝国主义一股脑儿全搬了过来，被西方漫画家讽刺为沐猴而冠。

西方在最近五百年如何兴起的？由于线索太多，各种学说并立，令人难辨真伪。这一研究领域的混乱局面可谓盲人摸象——有人专治经济史，则强调“资本主义”；有人注重军事史，则宣扬“尚武精神”；有人研究艺术史，则推崇“文艺复兴”；有人了解宗教史，则信奉“新教改革”；还有人醉心于政治史，自然高举《美国宪法》。在20世纪80年代的中国思想界，“文化基因说”甚为流行。持此论者认为，西方文明早在希腊罗马时代即怀抱科学理性精神，虽经黑暗时代而不辍，终在近世结出启蒙运动之果云云。

这一论调至今仍然活跃，如专栏作家薛涌曾作《西方文明优越论》一文。他从孔子和苏格拉底的语录分别摘出一句格言，说明孔子要人确信，苏氏要人怀疑，因此中国文明的本质是遵从，西方文明的本质是反省。可在西方，比苏格拉底影响大得多的耶稣教主恰恰符合薛涌对孔子的描述：“有一点他与苏格拉底大为不同。他直接告诉你什么对，什么不对；他自信自己在这方面有充分的权威。他要求人们遵照他的话去做。”抛去西方文明中遵从的成分不论，这种“伟人决定论”也让我们捏把汗——如果上帝让孔子和苏格拉底对换地点出生，东西方文明的命运就会因此全然改变吧？

种种原因，浮光略影

抱持单一因素学说的人们只摸到欧洲神象的一部分，弗格森则较为全面地列出了西方兴起的六项要素——竞争、科学、产权、医药、消费社会和工作伦理，并将其称为“杀手锏”（killer applications）。倘若弗氏读过金庸小说《天龙八部》，恐怕会用“六脉神剑”称呼它们吧。世界其他文明都没有掌握这门绝世武功，唯有欧洲在工业革命前打通了六道经脉。弗格森将西方世界的发展历程同其他社会一一做了对比：相对于中华帝国，欧洲拥有竞争性的国家体系；相对于奥斯曼帝国，新教国家提倡科技创新；相对于拉美殖民地，北美建立了保护个人财产的法制社会；相对于非洲，欧洲拥有发达的现代医学；相对于苏联，西方的消费社会对大众更具魅力；最后自然不能忘记新教伦理——世俗化似乎部分解释了欧洲人眼下的懒散作风。套用《安娜·卡列尼娜》中的名言，我们正好可以总结《文明》一书：幸福的社会总是相同的，不幸的社会各有各的不幸。

弗格森号称西方史学界的“汤姆·克鲁斯”，《文明》是他最新上演的“不可能完成的任务”。此书带领读者在广阔的时空中来回穿越，甚至进入不曾发生的历史场景，这有助于廓清围绕西方兴起的某些迷雾。欧洲崛起在人类文明史上堪称奇迹，它并不像魔术师要观众见证的“奇迹”——你也许猜不透个中玄机，可你一定知道那是魔术摆弄的花样。很多人并不清楚欧洲崛起的奥妙，他们却相信这背后有股神奇的力量。长期以来，西方教科书从《大宪章》讲到《权利法案》，都强调英国的自由民主其来有自，一脉相承，似乎天命所归。弗格森则进行了有趣的“反事实分析”（counterfactual analysis），他引用史学家艾略特的论述——如果美洲白银当年流入英国，而不是西班牙，保皇党就会占据这一财源，君主专制制度恐怕就会持续下去。洛克等人的政治思想的确重要，却也可能遭遇“资源诅咒”（resource curse）。

尽管克服了单一因素论的偏狭，弗格森并没有深入探讨欧洲获得每一要素的背景，或者说没有揭示原因之上的原因。他在第一章《竞争》中写道：“与欧洲那张修修补补，五颜六色的‘被子’相比，从政治上看，东亚至少是一张单色的巨大‘毯子’。”从保罗·肯尼迪（Paul Kennedy）到扎卡里亚（Fareed Zakaria），西方学者已经多次强调政治分裂对欧洲崛起的重大意义，弗格森只是老调重弹，从中欧地理上略作解释。可中国在秦朝前后地理格局未变，为何之前出现长达三百年的分裂，之后又天下统一？欧洲在封建时代政权更为分裂，为何那时竞争没有推动文明进步？罗马帝国和唐帝国高度统一，又为何创造了灿烂的文明？弗格森涉猎颇广，却未进一步回答这些问题，使读者有浮光略影之感。

弗氏也意识到竞争尚非充分条件，在第一章后又列举了五项要素。然而，这五项并不应与竞争并列——它们多是列强竞逐的结果。要问大象为何不像老虎，见过这两类动物的人都会指出大象鼻子更长，耳朵更大，四肢更粗。可这些特征并非两者长相有异的原因，而是需要解释的结果。唯有研究哺乳动物的进化史，才能获得真正的答案。与此类似，弗格森主要指出了西方领先其他地区的优势所在，而没有细致思考这些优势的历史成因。他列出的单子还可以开得更长，再加入民主、军事和殖民地，却无助于我们解开西方兴起的谜团。

原因种种，尚待求索

为了破解欧洲崛起的奇迹，我们不仅需要了解西方维持其主导地位的条件，还需要探讨这些条件最初产生的原因，这两者往往并不一致。今天，科学在西方已经牢固确立了自身的地位，但在 17 世纪末欧洲出现科学革命之时，它还必须以宗教教义为依托，才能得到主流社会的承认。碰巧在当时的英国，一些学者相信研究自然界有助于增显上帝的荣耀，科学研究活动因而获得政府的默许甚至支持。科学的应用成果在军事和经济领域逐渐显示出强大威力，欧洲各国继而纷纷成立专门的学术机构。西方人当然从希腊哲学中深受教益，我们却很难说希腊哲学直接促成了科学革命。相反，亚里士多德体系在长时间内阻碍着西方科学的前进。欧洲人在享用了有些意外的文明成果后，多少忘掉了自身的发家史，以为人种或文明的优越性才使他们成就了一番霸业。

此外，我们不仅需要熟悉近因，还需要探究远因。一次交通事故由很多偶然因素造成，而在统计意义上，一座城市的事故率却可以由其基础设施或交通政策得到科学解释。弗格森在书中比较了开明的腓特烈大帝和腐化的奥斯曼三世，两人的领袖才能自然部分决定了西方和伊斯兰的文明差异。可贤明的君主不见得一定会出生在欧洲，我们要小心陷入另一种“伟人决定论”。聪慧的头脑在各个文明体中不断涌现，问题在于谁更能够利用他们。

我们不妨比较一下火器技术在欧亚大陆两端的不同命运。火药传入欧洲后，人类由冷兵器作战转入热兵器作战，开启了军事史上划时代的新篇章。一个流传已久的故事告诉人们，中国人发明了火药，而欧洲人更懂得如何利用它。在金庸小说《碧血剑》中，作者借书中人物程青竹评论道：“火药本是中国物事。咱们用来打猎做鞭炮，西洋人学到之后却拿来杀人。”弗格森在这一点上为中国人说了句公道话。早在14世纪，中国即有《火龙经》一书问世，书中提到火箭和空心大炮等先进武器，可见老祖宗并不缺乏军事头脑。然而，早期火器的杀伤力不如弓箭，在同传统武器共存了一个多世纪后，火器才在欧洲占据了兵器谱上的领先地位。考虑到如此漫长的研发过程，只有战争频繁的时代才可能不断刺激火器的工艺改进。而中国自元朝之后，再也没有出现过长期四分五裂的战国局面，也就没有进行相关变革的动力和压力。因此，近现代史上的欧洲的确比中国更有可能发展出先进的武器系统。

去年西方学术界还推出了两部相关主题的著作，一部是福山（Francis Fukuyama）的《政治秩序的起源》，另一部是莫里斯（Ian Morris）的《西方将主宰多久》。相较而言，弗格森既比不上福山的洞见，也不及莫里斯的渊博，但他的确拥有判断时局的嗅觉。在过去五年，弗氏曾五次游历中国，到访过从延安到重庆的许多城市。在中国的见闻再一次肯定了他的观点——西方文明五百年的统治地位即将结束。弗格森撰写《文明》一书，用意正在提醒西方精英保持其优良传统，甚至不惜以有些耸人听闻的警语示人。至于如何保持传统，他在结束篇章中寄望于对下一代的历史教育。此论虽不同于西方学界对理工科教育的强调，却难免带有历史学家的自卖自夸之嫌。

很难说西方在弗格森列举的六大指标上正在衰退；相反，西方整体在过去三十年变得更繁荣富强，可全球化以更迅猛的速度推动了东方复兴。从长程历史来看，位于欧亚大陆两端的东西方文明仍在继续竞争，如果“向天再借五百年”，我们还很难预测谁主沉浮。拥有古老文明的中国，未来的选择是像日本人那样照单全收，还是有针对性地采取赶超战略？这是我们需要针对自身文明回答的重大问题。

（2012 年 4 月刊于《文化纵横》）

欧洲崛起是地理决定的吗？

尽管美国的霸主地位日渐衰落，中印等东方古国重新崛起，西方依旧统治着这个世界。经济生产能力直接体现了西方在全球的统治优势。20 世纪 50 年代，鸟类学家戴蒙德（Jared Diamond）在巴布几内亚的丛林观察动物行为，与当地土著多有来往。一位叫耶利的土著人向戴蒙德问道："为什么你们白人有那么多洋玩意儿（cargo），我们却没有？"为了回答这一问题，戴蒙德开始了长达三十年的潜心研究，最终写成《枪炮、钢铁和细菌》一书。该书的核心思想并不复杂：欧亚大陆较其他大陆更具有发展农牧业的优势和技术传播的条件，因此欧洲人征服了美洲和非洲，而不是相反。简言之，是地理，而不是人种或文化，回答了耶利的问题。

然而，戴蒙德在书中并没有详细讨论为何欧洲人击败了东亚各民族——两者可都处于欧亚大陆之上。15 世纪以来，欧亚大陆的几大文明体在原有的轨道上并行，它们或者停滞不前，或者进展缓慢。只有欧洲突然飞跃，驶向了另一种文明形态。与其追问为什么中国、印度或伊斯兰世界没有率先走向工业文明，不如思索欧洲为何首先进入现代社会。去年年底，斯坦福大学的考古学家伊恩·莫里斯（Ian Morris）出版了《西方为何至今统治世界》（*Why the West Rules for Now*）一书，旨在回答这一问题。此书中译本已于今夏由中信出版社推出，并将标题改为《西方将主宰多久》，其实作者只在最后两章对西方的前景作了一些大胆预测。

“伦敦，1848年4月3日。维多利亚女王的头在痛。”为引出一部欧亚风云史，莫里斯首先虚构了一段想象的情境：19世纪中叶，中国炮舰驶入泰晤士河，英国女王乞求向中国进贡，她的丈夫阿尔伯特亲王被迫出使清廷。真实的历史与此截然相反——英军两次击败大清王朝，并带回了一只名叫洛蒂的京巴狗，作为宠物献给女王。莫里斯由此发问：为什么是洛蒂来到白金汉宫，而不是阿尔伯特前往紫禁城？换言之，在近现代史上，为什么西风压倒东风，而非东风压倒西风？

东西方的思想家关注这一问题已有两个多世纪，他们提出的绝大部分解释都可归入“长期注定”派，即认为西方早在两千年前的轴心时期，甚至更早，就具备了进入工业文明的动因。有些学者关注的因素较为表面，如气候和种族；另一些则乐于探讨深层原因，如宗教和制度。无论钟情于何种因素，他们都相信上帝早已选中了欧洲人。直到20世纪末，“加州学派”在西方史学界兴起，才提出了惊人的“短期偶然”理论。该学派的成员主要任教于美国加州几所大学，几年前曾引起国内学术界热议的《大分流》即是其代表作之一。与长期注定派截然相反，加州学派的理论家宣称，出于偶然原因，西方直到18世纪末才领先于东方。

西方兴起堪称历史研究中的一大谜题。由于线索太多，致使多种学说并立，令人难辨真伪。莫里斯形象地将这一领域的混乱局面比作盲人摸象。1995 年，莫里斯调入斯坦福大学，担任了一系列行政职务。在工作中他结识了众多领域的专家，并向他们请教有关全球历史的研究进展。这就好比一个站在局外的盲人，向每个盲人打听他们摸到的大象模样，再把这些印象拼凑起来。莫里斯因而以一人之力，“将无数领域中专家的发现加以汇集和解释”。

想要回答“为什么”，首先须搞清“是什么”。西方兴起到底是涓涓细流汇成大河，还是一片死寂中的火山爆发？为解答这一问题，莫里斯构造了一项“社会发展指数”。它涵盖人类在四大领域的文明表现，包括能源消耗、城市规模、信息技术和作战能力。这一量化指数不仅清晰地显示了欧亚大陆的发展进程，而且可以对比过去一万五千年东西方在每个时期的文明程度。这里的东西方并非人种或文化定义，而是严格的地理概念——东方是指黄河与长江流域发展起来的社会，而西方则是指由中东地区两河文明发展而来的社会。由于考古和历史资料的局限，莫里斯只能较为准确地计算东西方核心区域的社会发展指数。农业社会产生之后，西方的核心地区一直位于中东，直到公元前 1 世纪转移到地中海地区，罗马帝国衰落后又转回西亚。大约在 10 世纪，地中海地区重新成为西方的核心区域，并于 16 世纪后转向西欧和北欧，19 世纪后北美也加入进来。而东方的核心区域则始终在中国的黄河流域和长江流域，直到 19 世纪移至日本。

《西方将主宰多久》提供了迄今为止最为系统和全面的发展程度比较结果。莫里斯发现，在过去一万五千年的绝大部分时期，西方的发展指数高于中国。然而，从公元 6 世纪中叶到 18 世纪晚期，东方后来居上，工业革命后风水又转回西方。他由此得出结论：“西方的主宰地位既不是千万年以前就注定的，也不是最近的偶然事件的结果。”其实，此西方非彼西方。除了古罗马崛起和工业革命两座高峰，欧亚大陆西端的文明中心在大部分时期位于中东地区。近代欧美文明之发轫，实为历史地表上一次突发性的井喷事故——处于边陲地带的西北欧，在短短两三百年内一跃成为全球文明的中心区域。

如此蝶变不能不令人惊异。一个世纪前，欧洲人称霸宇内，傲视亚非拉，自以为白种人的高贵血统使然。然而，种族学说今天不仅在政治上不正确，在科学上也是错误的。DNA 证据已经表明世界各地的人民都源自非洲。既然具有共同祖先的各个社会皆有愚智贤不肖，我们就难以从生物学的角度解答西方兴起之谜。在莫里斯看来，社会学旨在探讨人类社会的普遍规律，它告诉我们一个社会为何兴盛或衰败，但它并不揭示这些规律发生作用的具体条件。只有将地理学与社会学结合起来，我们才能了解历史事件背后的发生机制及其特殊情境。这就好比两起车祸，它们的碰撞过程都遵循物理学定律；我们通过车辆型号和路面状态才会明白两者为何造成不同后果。同莫里斯的话说：“生物学和社会学能解释全球范围内的相似之处，而地理学则能解释区域差异。”

相比以往的地理决定论，莫氏的学说不仅远为复杂，而且强调社会发展与地理格局的双向互动关系。与《大分流》的观点近似，莫里斯认为地理大发现是西方近五百年来最重要的事件。这一事件的重大意义并不在于欧洲人从美洲掠夺的财富，而在于它开创了崭新的大西洋经济，推动了全球贸易，并强化了资本主义的工作伦理。远洋探险与航运业需要对大自然的精确理解，这一需求促进了西方的科学研究；欧洲列强在全球水域上千帆竞逐，则迫使各国政府加入军备竞赛。中国古代的航海技术本不输于西方——郑和乘坐的宝船数倍于哥伦布驾驶的帆船；然而，中国人需要横渡比大西洋宽一倍多的太平洋才能到达美洲。欧洲人近水楼台先得月，不仅占有了美洲大陆，也率先走向了工业革命。读者看至此节，或许会发出感叹："呜呼，天不假中华以地利！"

莫里斯沉醉于他翻新的地理学理论，花了大部分篇章讨论每一时期发展与地理的互动关系，还不如将他的著作称作《新地理学观照下的全球大历史》。全书聚焦于西方兴起的部分其实只有两章，其中地理大发现与科学革命的因果关系并不清晰，而军事沿革的地理动因更为模糊。此书的主要缺陷还不是详略失调，而在于没有抓住欧洲崛起的关键因素。欧洲人的确攻克了距离较近的美洲，可他们还征服了远在万里之外的大洋洲，并且通过海路抵达了印度和东南亚，而这些地区与东亚更为接近。欧洲的科学事业固然受到新大陆的影响，可至少在牛顿和莱布尼茨的年代，人们尚未看出微积分对改进航海技术的潜在意义。过分强调大西洋经济对西方科技的刺激作用，容易陷入目的论式的循环论证。

假使美洲大陆在一万年前沉入大海，西方是否会出现工业革命？我们几乎可以肯定，文艺复兴不会受到任何影响，马丁·路德依然会领导新教改革，而欧洲的航海家们仍然会执迷于香料贸易。已经掌握了火药技术的欧陆各国会继续改进武器，并尝试新的作战方法。如果不存在美洲，欧洲的发展路径会大为改观，可恐怕还会沿着大致相同的方向。与其说地理大发现是西方称霸的主要原因，不如说是其催化剂。美国历史学家福格森（Niall Ferguson）的新著《文明》即从欧洲内部探寻西方兴起的答案。作者列举了六大关键因素：竞争、科学、产权、医药、消费社会和工作伦理。这些因素如何与欧洲的地理格局产生互动？这恐怕是更值得莫里斯用心钻研的题目。

沿着《枪炮、钢铁和细菌》一书的逻辑，莫里斯试图借助地理学解释欧亚大陆的社会发展差距。尽管他未竟全功，仍然为我们开辟了崭新的学术视角，勾勒出东西方的长期发展曲线。有兴趣的中国学子或许可以通过他打开的理论门洞，找到西方兴起之谜的真正答案。

（2011 年 9 月 19 日刊于《南方都市报》，有删节）

福山的中国历史观

弗朗西斯·福山（Francis Fukuyama）是美国杰出的政治学家，曾被《外交政策》评为全球最具影响力的公共知识分子之一。他二十年前提出的“历史终结论”成为后冷战时期的一大论题，至今人们还为此争论不休。过去几年，这位宣布历史“终结”的学者转头探寻历史的开端，并推出新作《政治秩序的起源》（以下简称《起源》）。讨论中国的章节在此书占据很大篇幅，福山为宣传它的中译本也不辞辛苦，去年秋季还跑到北大举办新书研讨会。那么，福山为何如此重视中国？

第一个现代国家

《起源》开篇指出，中国在战国后期已建立了现代意义上的国家政权。这里“现代”并不意味着西方民主制，而是指德国社会学家韦伯（Max Weber）所谓“统一和理性化的官僚制度”，如官阶和职能严格划分、官员升迁依照能力标准和官僚体系层级分明。福山如此称许中国历史早期的政治成就：“老实说，我们今天所理解的一些现代国家要素，公元前 3 世纪就已存在于中国了，这比它们在欧洲出现早了一千八百年。”

在《财经》杂志去年年底的一次访谈中，福山称秦代中国的官僚政府“比罗马的公共行政机构更为系统化，中国人口中受统一规则管辖的比例也远远超过罗马”。罗马人发明的古典共和制也属于人类政治文明的杰出代表，并被后世的西方国家所效仿。它却存在一个重大缺陷，即统治方式难以扩展。在帝国鼎盛时期，罗马的辽阔疆域从英伦三岛直至叙利亚，但它很难直接掌控这些地区，不得不给予当地人口不同程度的自治权力。从这个意义上讲，罗马属于帝国（empire），而中国更像个王国（kingdom），对辖区人口实施有效的统一管理。

中国最早产生现代国家，其实这并非新观点。福山也承认，早在一个世纪前，日本学人内藤湖南即有此论。让他费解的是，睿智如韦伯者为何会失察？韦伯曾写过《儒教与道教》等历史著作，应比同时代的西方学者更了解中国，他却仍然称中国为“家族国家（patrimonial state）”。福山猜测，韦伯也许困惑于这一事实，即中国的政治现代化没有伴生经济现代化和社会现代化。在我看来，韦伯生活在“西方中心论”盛行的时代，受制于整体思想风气，他恐怕不愿作出政治现代化源于东方的惊世之论。

承认中国对国家建设的巨大贡献，并不意味着华夏民族先天就善于组织自己。同已故的美国社会学家查理斯·蒂利（Charles Tilly）一样，福山相信“战争造就国家”，正是血雨腥风的战国时代推动了官僚机器的理性化。东周时期战争的频率、规模、消耗和伤亡数量持续上升，出于组织军事力量的急迫需要，列国才不得不走上政治现代化的改革道路。近世以来，战争也在很大程度上推动了欧洲民族国家崛起。许田波的《战争与国家形成》一书即比较了战国时期的中国和民族国家起源时期的欧洲，并发现两者具有众多相似之处。

未能形成三足鼎立

《起源》将人类有史以来的政治秩序分解为三项要素：国家政权(the state)、独立法治(rule of law)和责任政府(accountable government)。这里“法治”是指先于或独立于世俗政权的法律体系，并非指中国法家鼓吹的统治术。由于宗教组织的发达，法治传统存在于西方、印度和伊斯兰世界，高于统治者并限制其意志。它通常由宗教神化其条文，由教士护卫其权威。这种政治文化是中国所陌生的，法律在中国只反映王权意志。所谓“王子犯法与庶民同罪”，仅仅体现了法律的普遍性，不具有限制王权的独立性。

由于政治现代化早于独立宗教权威的出现，“强政权弱法治”一直是华夏政治史的主要特色，很多西方学者也因此认为中国政治过于“早熟”。法治传统的缺失为中国历代政治带来了有趣的变数，在朝代更替之时尤为如此。当前朝皇帝失去合法性，没有教皇一类人物可以出场昭示天命，也没有法国三级议会一类的精英会议选出新统治者。从贫民出身的刘邦到贵族出身的李渊，任何背景的人物都有机会奉天承运。因此俗语才讲“皇帝轮流做，今天到我家”。

历史上中国也未曾见识过古罗马式的共和体制，因此也不具有责任政府的政治传统。以福山“三足鼎立”的理论视角来看，中国显得“一柱擎天”。这根擎天柱长期屹立不倒，所谓“百代多行秦政治”。辛亥革命以来，革命党人出于政治需要，对中国传统政治多持负面评价。如《警世钟》的序诗感叹道：“长梦千年何日醒，睡乡谁遣警钟鸣？”福山也认为中国传统政治在法治和民主两方面严重落后，社会组织力量弱小，强大贵族和独立城邦在历史上从未出现。

不过，我们也应看到传统政治积极的一面。正如《统治史》作者芬纳（Samuel E. Finer）所言，无论秦汉政府多么残暴，比起战国时期的天下大乱，民生局面已大大改善。那种“上无天子，下无方伯”的混战状态，比“猛于虎”的苛政更可怕，老百姓也常说“宁为太平犬，不做乱世人”。相较于罗马崩溃后长达一千年的黑暗时代，古人也许更愿意降生在两百年王朝一更替的中国吧。此外，中国发达的文官制度被东亚诸国所效仿，这对近几十年出现的“东亚奇迹”贡献良多。中国的确在宗教方面存在文化基因缺陷，可也未经历过欧洲那般血腥的宗教战争。

中国问题的历史启示

一个世纪前，梁启超曾言：“今日世界之事，无有大于中国之强弱兴亡者，天下万国大政治家所来往胸中之第一大问题，即‘支那’问题是也。”这话放在今天更恰当，福山在《起源》书末提出两大悬而未解的政治问题，其一即是中国问题。如前所述，中国传统缺乏独立法治和责任政府，这样的政治架构能否维持经济增长和社会稳定，福山对此深表怀疑。他提出“坏皇帝难题”是中国传统政治的一大隐患。

作为政治学家，福山对中国历史上唯一的女皇武则天颇有兴趣，并将她作为坏皇帝的代表人物。他批评武氏取消了几年科举，以任用她中意的官员。看来福山对唐史还不够熟悉，武则天虽专权残暴，却有知人善任的能力。《资治通鉴》这样评价她："太后虽滥以禄位收天下人心，然不称职者，寻亦黜之，或加刑诛。挟刑赏之柄以驾御天下，政由己出，明察善断，故当时英贤亦竞为之用。"福山还批评武则天清洗李氏贵族，为后来的安禄山叛乱铺平了道路。这里他过分归咎于红颜祸水，其实唐明皇应承担安史之乱的主要责任。与其说中国的隐患在于坏皇帝，倒不如说在于皇权高度集中。即使好皇帝决策失误，也会导致国破家亡。

作为社会科学家，福山的学术兴趣主要在借助史实构建政治理论，从历史终结论者的角度考察历史的演进。或许不愿夸耀自己所在的美国，他以丹麦作为历史终结的样板国家。北欧小国丹麦拥有良好稳定的政经体制，富足安宁的国民生活和包容清廉的社会环境。发展中国家创建现代政体的问题也就被称为"前往丹麦（getting to Denmark）"的问题。可如果一个中国人问丹麦人如何走到今天，他们中的绝大多数也不晓得答案。

三足鼎立的政治架构首先在欧洲出现，宗教因素不可或缺，但并不由于宗教本身。虽然同属基督教世界，东欧就不具有西欧的法治传统。东欧主教由拜占庭皇帝任命，教会也从未声明独立于国家政权。可见，宗教组织的制度形式，而非其教义内容，真正干预着政治发展。由于西欧教会不依附王权又影响王权，在带有宗教色彩的数次政治斗争中，各方最终不得不作出妥协。

如福山所言："我们所理解的现代宪政政府，正缘于这一原未希求也未计划的妥协。"甚至宗教改革也没有直接导致西欧的政治发展。路德发起新教运动后，该派教徒相信人们应当通过阅读《圣经》直接与上帝交流。16 世纪新教教会在丹麦乡村广开学校，牧师向农民讲授基本的读写技能，结果两百年后该国农民已成长为教育良好和组织有力的社会阶级。这一宗教改革的副产品才是今日丹麦由来的重要原因。

《起源》一书廓清了人类政治发展史上的一些历史迷雾，帮助读者知其然，也知其所以然。至于中国是否要前往"丹麦"，以及如何前往，《起源》也为这些问题提供了颇多启示。一方面，今天"中国模式"受到世界强烈关注，我们对传统的政治遗产也应发扬光大；另一方面，我们也无须盲目崇拜西方，以为他们的政治成就乃是神来之笔，中国绝无可能仿效。尽管承认政体转移之难，福山仍对历史终结的进程表示乐观。他相信人类具有制度设计的能力，国际竞争也迫使统治者见贤思齐。

（2013 年 3 月刊于《国家人文历史》）

白云出岫虽无意，桃李不言自成蹊

20 世纪 90 年代末在中国人民大学上本科时，我与社会学系的几位同学交好。学生私下聊天，一般不会称呼老师大名——那样显得太正式。于是，潘绥铭老师被称为“老潘”，周孝正老师被称为“老周”，李强老师的尊称是“强爷”，郑也夫老师却被直呼“也夫”。这不仅是因为“老郑”留给了人大社会学系的创始人郑杭生教授，更是因为学生们感受不到与也夫的年龄差距。他在学问上从无老辈人的守成做派，反倒生猛得像个小伙子。新近出版的《文明是副产品》便是一部“老夫聊发少年狂”之作。

指向目的论的“六脉神剑”

人们往往把已有的事物视作当然。拿自身起源来说，从远古到今天，大部分人相信神灵有目的地创造了人类。直到 19 世纪中期，达尔文创立进化论，人们才逐渐认识到，自然选择下的一系列机缘巧合使猿类转变为人类，生物演化也不存在从低级到高级的必然趋势。不过，人们还是倾向于认为，文明发展是人类有计划的理性产物。农业的产生不是为了吃饭吗？印刷术的发明不是为了读书吗？《文明是副产品》（以下简称《副产品》）旨在批判这些想当然的说法，即需求导致发明的“目的论（Teleology）”。该书详细探讨了六种早期文明成果的历史起源，包括外婚制、农业、文字、造纸术、雕版印刷术和活字印刷术。

一样事物的起因常常不同于维持它的原因。如果我们简单地将前者等同于后者，就会倒果为因。可人们习惯接受目的论，这首先因为它是一种方便的解释。建立一种目的论很容易，驳倒它却要备尝艰辛。我们的祖先虽然见证了文明起源的真实过程，然而由于历史的层叠累加，真相在后世变得扑朔迷离，甚至湮没不彰，“仓颉造字”这样的神话便流传了几千年。“文字”是《副产品》中最精彩的一章，从陶符、泥筹到象形和字母，作者剥茧抽丝地还原了文字的起源过程。也夫称写作这一部分前后花了八个月工夫。探索文明的起源不仅需要持久的毅力，也需要敏锐的直觉和深刻的洞察力。全书多处细节闪现着思想的火花，在学理上具有重要的启发意义。

从需求角度来说，目的论容易被大众接受。阴谋论就是一种很典型的目的论。《平行历史：阴谋论塑造的世界》一书作者阿罗诺维奇（David Aaronovitch）称：“根据我的研究，这些理论（阴谋论）不会自行消失，或只是少数人所持的观点。相反它们会变得更加阴险，传播也更为广泛。”从供给一侧来看，目的论也不断被有利害关系的人制造出来。如在政治领域，掌权者一面塑造自己“奉天承运”的美好形象，一面将政敌刻画为“密谋作乱”的篡权小人。对这些目的论的解构便含有政治上的意义，有助于将相关人物拉下神坛。

当人们提到“哥伦布发现了新大陆”或“蔡伦发明了造纸术”，这些说法本身就带有目的论的意味，似乎两人在行动之前已经明确意识到他们将要发现或发明的事物。然而，据也夫推测，就像哥伦布试图登陆印度而意外发现美洲一样，蔡伦也因为碰巧受到树皮布的启发，才借用过来“发明”了造纸术。也夫甚至猜测他与工匠合谋，有意欺瞒了皇帝，从而掩盖了造纸术的诞生真相。

在私下交流中，我建议也夫将“精神文明”也纳入他的考察对象，他似乎并无兴趣。其实很多伟大的宗教和学说也并非是“创始人”有意识地建立的，后来的发展甚至完全背离其初衷。弗洛伊德在《摩西与一神教》中提出一个大胆猜想——犹太教源于埃及的阿顿神教。公元前 13 世纪的法老阿克那顿（Akhenaten）致力于在全国推广一神教。这触犯当时贵族和祭司的利益，在法老死后，一神教即遭废止。弗洛伊德猜测，摩西是阿克那顿的追随者，他本是埃及贵族，为传教逃亡到以色列。犹太人后来结合这种一神教创立了自己的宗教，并杜撰了有关摩西的神话故事。我本人并非宗教史专家，无力判断弗洛伊德学说的真伪。这里只是借其著作说明，伟大的宗教也可能属于其“创始人”意料之外的“副产品”。

白云出岫本无心

《副产品》讲述了六个精彩的历史故事，每个故事只针对特定的研究领域，然而作者的雄心并不止于此。也夫使出“六脉神剑”这一招，意在论证一个远为宏大的命题，即书名“文明是副产品”。在我看来，此书像是一座尚未建成的剧院，已经树立起了六根巨柱，却还不足以支撑起硕大的屋顶。

从逻辑上说，枚举法属于一种不完全的归纳法，已经论证的案例并不能证明某一规律也适用于其他案例。书中讨论的六项文明成果都出现在农业时代或更早的时期，作者对目的论的反驳是否也适用于工业时代？工业革命虽然出现在晚近，却构成了人类文明发展曲线上真正的拐点——在此之前人类生活在“马尔萨斯陷阱”中，之后便进入高速经济增长时代。关于文明演化规律的研究，如果不涉及工业时代，至少是不全面的。

启蒙时代后，人类开始在生产和生活的各个方面张扬理性的价值，整个世界逐渐被合理化（rationalized），工业时代的文明成果更有可能是目的性和计划性的产物。著名物理学家费曼曾言：“物理学就像性爱，它也许会带来实际的东西，但这并不是我们从事它的原因。”然而随着避孕技术的发达和普及，人类的生殖行为越来越具有计划性。试管婴儿甚至意味着生殖完全脱离原初的性爱机制，进入理性的技术流程。原子弹和人类登月是20世纪的两大科技突破，前者由“曼哈顿计划”完成，后者由“阿波罗计划”推动。今天，国家在很大程度上支撑和管理着基础科学研究，世界上的多数科技成果都是在有计划的资助项目下完成的。

从“文明”的内容来看，《副产品》探讨的只是文明的起源。文明包含四类活动：创新、应用、传承和发展。后三者都属于目的性的活动，只有起源阶段的创新可能是意料之外的副产品，比如中国古代的术士在炼丹过程中偶然发明了火药。一旦人们了解到某些原料的组合具有爆炸威力后，就开始有意识地研发杀伤力更大的火器。曾经重创中国的洋枪洋炮，其军事威力大部分来自技术改进，而非我们祖先意外的发明。我们一方面不能将维持事物的原因当作产生它的原因，另一方面也不可只根据事物的出身来定性它的成长。

我对“副产品”这一比喻也存有疑问。在人类历史上，每一代人都根据现有的发展水平向前迈进，他们使用已有文明成果的方式可能是前人始料不及的。问题在于，我们能否将这些成果都笼统地视作“副产品”？副产品的本义是制造某种产品时附带产生的物品。也夫在书中显然使用了它的喻义，即做某事而导致了计划之外的结果。这是从前人的角度而言的，在后人看来则未必如此。在《副产品》的最后一章，也夫将文明演化分作五种机制：给予、借用、杂交、发明和互动。以借用为例，中国古人从石碑拓印中受到启发，发明了雕版印刷术。他们改进主产品的制作技术，拓展其印刷功能。与其说雕版印刷是石碑拓印的“副产品”，不如说是升级换代了主产品的生产工艺。

我们的祖先当然不可能预料到他们的成果所带来的全部后果，可这不意味着那些后果都是“副产品”。达尔文曾借用马尔萨斯的人口理论来发展自己的进化论。马尔萨斯不会预想到进化论，可它正是马氏理论衍生出来的“产品”，只不过由后辈学者完成罢了。佛学家从因果角度对此做过有意义的区分：引发后果的潜力称为“有”，由后果观照的前因则称为“行”。至于X射线和伟哥等机缘巧合的意外发现，英文则有

“serendipity”一词专门指称。

基于上述几点原因，我认为“副产品”这一说法并不准确，甚至有些误导。那我们如何命名与目的论对应的概念？前人早已为我们准备了“事故论（accidentalism）”一词。尽管日常用语中的“事故”带有贬义，根据《牛津英语辞典》，它也可以用作中性词，意指“偶然因素导致的事件，并无明显的或有意图的原因”。事故论强调事件发生的偶然性解释，比如一连串无法预知的事件导致了戴安娜王妃的车祸，而不是有人故意要谋害她。这一思想可用两句古诗来形容：“流水下滩非有意，白云出岫本无心。”

事故论、目的论和趋势论

事故论和目的论的争论早在古希腊时期就展开了。亚里士多德提出的“四因”解释中就包含“所为因”，也就是古典的目的论。他在《论动物的产生》中写道：“没有什么可以阻止牙齿长出并显露为这个样子；这并非基于其原因，而是其目的。”亚氏认为牙齿似乎具有生长的“意志”，在分子生物学的时代，我们自然知道这个解释是不正确的。比亚氏晚出的卢克莱修在其名著《物性论》中否定了这一解释：“身体中的器官并非为了我们使用而变成那样。它们碰巧变成那样才是被使用的原因。”

随着现代科学的昌明，目的论逐渐退出自然科学领域。然而，目的论在对人类活动的解释中依然大有市场。在思想史意义上，《副产品》可以看作事故论者对目的论者发起的最新一次挑战。

在我看来，事故论比“副产品”更好地概括了文明演化的五种机制，它并不认为下一阶段的文明成果必然源自上一阶段成果的次要产物或功能，只是强调其偶发性特征。考虑到《副产品》一书的研究范围，《农业时代的文明起源——一个事故论的解释》也许是个更恰当的书名。

除了易于接受和利益驱动，目的论还深植于我们的文化心理——我们很难相信伟大的人类及其文明仅仅是一系列偶然事件的产物。听说进化论后，一位英国贵妇的第一反应是：“我希望它不是真的；如果是真的，最好不要被人知道。”全世界几大宗教几乎都建构在超自然的目的论基础上，它们不仅宣扬一种理论，而且提供一种意义，尤其针对尘世中的偶然事件。事故论也许更接近真相，但听上去太不可爱了。如果只有它能够解释文明演进，我们真得替人类的未来捏把汗。

所幸，在必然性和偶然性之间，还存在着一种看待世界的方式——或然性。天气预报告诉你，明天的降水概率是 70%，就是一种或然性的表述方式。每一起车祸就其本质而言，都是事故论的，其肇因甚至荒谬可笑。然而，当我们把视角放大到宏观层面，就会发现特定时空的交通事故都有明确的统计规律可循。虽然无法预测某一起车祸的事主和时间，交管部门的人士却很清楚哪些地段属于事故高发区域。文明演进也存在或然性的规律。1784 年，康德发表了一篇关于“普遍历史”的论文。他开篇即从统计学来论证人类活动的规律性。康德进而推断，尽管不存在明确意识，人类却服务于自然的“隐秘意图”：“个别的人，甚至整个民族都很少想到：当他们每一个都……追逐着其自己的意图时，他们在不知不觉地依照自己并不知道的自然意图……为促进这个自然意图而工作。”

我们现在可以从或然性的角度考察一下文明的起源。重大的文明成果源于多项偶然因素的组合效应。历史只呈现了一根因果链条，如果链条的某一环节断裂，是否演进就会中止呢？我想很可能不会，因为偶发因素在其他地方还会出现。假以时日，它们组合的可能性便会大大提高。这就像某人在一生中遭遇车祸的概率大大高于他某一年出事的概率。《文明的解析》作者查尔斯·穆雷（Charles Murray）曾挑战这一观点：“亚里士多德死后的两千年里，非西方世界的思想家可以独立地发现形式逻辑，可他们没有发现。……我们确知逻辑学只在一个地方（古希腊）由少数几个人发现过一次。”事实的确如此。不过，对形式逻辑这种高度抽象的文明产物，两千年也许并不算长。我们很难断定，如果再给两千年，非西方世界的知识分子是否依然不懂形式逻辑。

无论文明进程具有多少偶然性，我们大体可以观察到，发展会被保留和传播，而衰退则受到抑制。在科技突飞猛进的今天，这一趋势表现得更加明显。已故的美国古生物学家古尔德曾提出“右墙理论”，雄辩地指出生命演化的无方向性。但他在《生命的壮阔》一书中也承认：“达尔文的进化跟文化变异，最明显的差别在于文化蕴含（自然则欠缺）巨大的潜力，速度极快，而且可以累积方向性。……自然进化中没有可以预测结果的原则，也没有更趋复杂的运动。但是文化天生就具有进步潜力和更趋复杂的性质。”

桃李不言，下自成蹊。人类的本性推动文明走向特定方向，尽管这些方向的具体路径充满了不确定性。在人类接近或走过文明的里程碑时，他们才会意识到这些趋势，这时自然的“隐秘目的”似乎已然昭显。在最近的访谈中，也夫表示欲借《副产品》一书批判人类“理性的自负”。其实，理性的问题不在于揭示历史趋势，而在于论述时用第一人称取代了第三人称，以革命宏图代替了“隐秘意图”。

在或然性的解释中，偶然性和必然性并不矛盾，它们各自描述了微观和宏观层面的特性。经过几千年的交锋，事故论和目的论正在交融汇合，我们不妨称其为“趋势论”。也夫在书末强调，人类的未来是不可预测的，但这不等于否认趋势的存在，也不等于人类无法认识趋势。作为一种历史哲学，趋势论一方面将我们从杂乱无章的诸多“事故”中拯救出来；另一方面，它建立在或然性基础上，有别于口含天宪的历史决定论。它使我们意识到，作为物种的人类，正向那未知的目的地迈进，以充分展现自身的伟大潜力。

（2016 年 11 月 20 日刊于《上海书评》）

附：名实之间

——答复田方萌先生

郑也夫

研究过程中最好有对话的伙伴。不然是孤独的，更可怕的是难免一己之偏狭。《文明是副产品》的写作（2013—2015）中，与笔者对话最多的是田方萌先生。他通读全部书稿后曾提出三十条疑问和十七条讨论意见。其疑问中有近十条被我接受和加工。而我们关于“文明是不是副产品”的争论，从电话、讨论会到笔谈，几乎持续至今。

今年6月3日，我就这本书在天则研究所做了一场演讲。演讲前，我邀请王焱、田方萌和储卉娟做评议人。一向由资深学者充任评议人的天则讨论会上，我为什么执意邀请两位年轻人？因为他们都精读过本书，且我再三叮嘱和恳请他俩到场要提出尖锐的批判，我担心年长者太世故，且忙得没工夫读书。正是在天则的评议中，方萌提出了此前与我交流中没有说过的“事故论”。

我当时的答复是：“事故论是非常精彩的一个核心词，我是初次听到。我很保守，还是要维护我的副产品的概念。事故论约等于变异，没有变异哪有进化？当然它也有局限。比如我说对于他者过分的给予会改变一个人的行为。比如峨眉山的猴子、行贿、野生的麦子。像这样的改变行为，叫事故吗？你给他东西，他心里一定因此产生一个心理，想依赖、想寄生，但是这些都是‘给予’的题内之一，不是事故。”

会后我继续思考“事故论”。“事故论”这个词，英文是accidentalism，该词的意思中还包括“偶然性”。如果方萌使用“偶然”或“偶然论”，在会上就不会给我这么大惊喜。因为“偶然”在相关的讨论中已经说得太多。而中英文有个差异，中文的“事故”与“偶然”是各自独立的两个词汇。使用中文的“事故”更具解释力，因为用此概念来解释的还不多，更因为这概念相对“偶然”要小一些。而英文的“事故”与“偶然”是一个词汇。但是这一词汇中的两个意思是有差异的。“偶然”比“事故”更抽象，覆盖更宽。事故与副产品在抽象度与概括度上是一个级别的概念。方萌说：“在思想史意义上，《副产品》可以看作事故论者对目的论者发起的最新一次挑战。”我不能接受这一表述，能接受的是将这句话中的“事故论者”换成“偶然论者”，因为“副产品”与“事故论”是一个级别的概念，而“偶然”是高一级别的概念。即“副产品”与“事故论”同为“事物偶然发生”中的机制和方式。但也可能“偶然论”不能垄断“副产品”和“事故论”。

《必然》的作者凯文·凯利（Kevin Kelly）说：“但在大多数情况下，科技不在计划中的次级效果才是后续问题的根源。通常会压倒社会的就是次级效果，其很难靠预测、实验室测试或白皮书找到。”如此看来，无论是相信进化的方向是“偶然”的学者，还是相信它是“必然”的学者，都看到了“副产品”

在其中的作用。当然，即使“副产品”可以为两种截然对立的思想体系服务，在我这里它是服侍偶然论的。事故论似乎也可以服侍两大解释系统。方荫的论述好像包含这种意味。

副产品这个概念，以往学者在一般意义上多次使用，我之不同在于将它提升到一个高度，看作一个可作广谱分析的视角。人类的行为、制度、发明，都很可能在两端上与副产品关联：其一是始料不及的代价，其二是诱发新事物。我当年的《代价论》重在前者，本书重在后者。

无论如何，方荫拎出“事故论”这个关键词很好。挂上“论”似有扩大其解释范围的意味。但是他在文章中又说：“事故论也许更接近真相，但听上去太不可爱了。如果只有它能够解释文明演进，我们真得替人类的未来捏把汗。”他的意趣似乎在于将事故论和目的论融合为“趋势论”。我不解的是为什么“不可爱、捏把汗”呢。即使人类进化是你说得对，凭借偶然的生物进化使你觉得“不可爱、捏把汗”吗？可能还是如罗素说得对，唯心唯物在很大程度上是性情所致。我是不要支点的怀疑论者，你是要“趋势”支撑内心的人。

而方荫不想论证“事故造就人类文明”，为何提出“事故论”呢？因不同意我的“文明是副产品”，他并不认为文明就是“事故”，却认为我说的“副产品”应该称为“事故”。我认为“事故”与“副产品”对发明产生之解释各有自己的用武之地，但二者相互无法替代。X 光和青霉素的发明是事故所致，而导致了拼音文字产生的“声借”，雕版印刷对印章和拓片技术的“移用”，都显然不是“事故”。杰弗逊·雷德 1997 年在《古亚利桑那州考古》中提出：农业革命是重大的非事件。他的意思是：农业不是一次性的发明或发现，是一连串。我愿意引申他的看法：农业是一次进化，加入了人类的理性的一次特殊的进化；我认为其中理性的成分不是决定性因素。但因诸多因素缺一不可，很难说谁是决定性，似乎可以说谁都不是决定性的。

方萌一再说工业革命以后和工业革命以前大不一样，但工业革命以后人类进化和别的动物进化一样吗？达尔文所说的自然选择还支配着人类吗？肯定有摆脱支配的一面。比如在动物世界里优胜劣汰不会在人类社会发生了，动物社会中的残疾者生存和繁衍上都处劣势，而人类的医疗导致弱者同样拥有后代。但是人类只是部分地跳出了自然选择的剪刀，我不相信人类的未来完全掌握在他自己手中。

正是在天则的会上，另一位评议人储卉娟做了如下发言：“淘宝本身的设立，当然也可以被看作是有目的推广 C2C 模式的结果，但有趣的是，淘宝发展到今天呈现的业态，能不能说就是当年规划的结果呢？似乎也不能。今天的淘宝已经远远超出了马云最开始所承诺或者所预期的。最初想要帮助的那个群体已经在淘宝上失去了机会，对于淘宝，这些小用户已经变得不那么重要，淘宝开始了类似于超级市场发展的状态。在短短几年互联网发展历程里，虽然我们没有办法说它对文明有什么影响，但是就这个发展经验来说，即便是在工业时代，甚至是后工业时代，郑老师的推论仍然能够获得相当程度的支持，就是在现今时代，文明发展是不是仍然是副产品？我觉得可能也是。”

方萌说：“在最近的访谈中，也夫表示欲借《副产品》一书批判人类‘理性的自负’。其实，理性的问题不在于揭示历史趋势，而在于论述时用第一人称取代了第三人称，以革命宏图代替了‘隐秘意图’。”敝人认为“理性的自负”导致其持有者们误以为：历史是理性的产物，未来可以计划出来。

方萌还说：“副产品的本义是制造某种产品时附带产生的物品。也夫在书中显然使用了它的喻意，即做某事而导致了计划之外的结果。这是从前人的角度而言的，在后人看来则未必如此。”我当然是谈论前人，即当事人与那发明的关系，即认为那项发明不是他们目的性行为的产物。方萌的意思似乎是：从后人看，必然走到这一步，也可以说理性使然。他说：“我们现在可以从或然性的角度考察一下文明的起源。重大的文明成果，如文字和农业，源于多项偶然因素的组合效应。历史只呈现了一根因果链条，如果链条的某一环节断裂，是否演进就会中止呢？我想很可能不会，因为偶发因素在其他地方还会出现。”我认为，看过去，敝人书中讨论的那几项发明，诸因素缺一不可；有些因素不会在异地出现，比如野生稻麦。看未来，必然论者认为：人类在认知的路径上早晚殊途同归。敝人则认为：自然法则无限之多；人类偶然认识和应用了法则A，很可能法则B就很难被人类看到；进化中意义最大的发明很可能因其对方向的锁定而排斥人类认识某些法则，如是则其中没有概率存在的余地。且从古到今，很可能都是这样。这大约是我与必然论的本质差异。

方萌文章结尾的那句话让我颇为不解：“它（我理解指的是概率论或趋势论）使我们意识到，作为物种的人类，正向那未知的目的地迈进，以充分展现自身的伟大潜力。”概率论和趋势论者都是知道方向和目的的，信奉概率和趋势，怎么疑惑到：正向那未知的目的地迈进，以充分展现自身的伟大潜力——这完全是没有理性的动物的演化方式。

我判断，方萌与我的分歧发端于这本书的书名《文明是副产品》。他说：“从逻辑上说，枚举法属于一种不完全的归纳法，已经论证的案例并不能证明某一规律也适用于其他案例。”乃至他想帮我一把：“《农业时代的文明起源——一个事故论的解释》也许是个更恰当的书名。”用概括法不能证明“天鹅都是白的”，何况枚举法。但枚举法，即使只找到一只黑天鹅就可以推翻“天鹅都是白的”。我的意思其实是要推翻人类的文明是目的性行为的产物，这其实找到一个反例就够了。但我对几个案例均有浓厚的兴趣，宏观上的追求也更大一些，故举了六个例证。但举一个还是六个，都无改枚举法。以枚举法驳斥他人的著作，却起了个近乎“天鹅是白的”（虽未说“都是白的”）的书名。方萌不认可是有道理的。其实本书的旨趣是说明“一些文明的里程碑是副产品”“文明常常产生于副产品”，这些已经够惊世骇俗了。我并不认为，故不可能企图证明“文明‘都’是副产品”。“文明是副产品”其实只是一个书名，不是一个严格措辞的命题。试想，我有可能认为人类文明中没有理性、计划的丝毫作用吗？人类有别于动物的不就是理性吗？我只是要说，人类没有完全彻底地摆脱生物进化论的法则，它的前途不是只靠理性开拓，单独的理性不能包打天下。是其他的偶然因素，加上理性，决定其未来。书名是不是必须以严谨的命题方式出现，不可以活泼一点吗，我想不清楚。

方萌在天则评议的开场白：“大家都知道，冷战结束以后有两个大的论题，一个是亨廷顿的‘文明冲突论’，第二个就是福山的‘历史终结论’。他们在学术期刊上最早提出来这个观点的时候，都在标题后面加了一个问号。郑老师这本书没有加问号，说明他比福山和亨廷顿更大胆和自信。这里我想小小挑战一下他的自信。”我没有为书名加标点符号的习惯，甚至方萌不说我都想不到书名可以加标点。不然，我会犹豫要不要加上问号，一方面在认知上问号与我的性格相符，另一方面在审美上我喜好措辞的简洁和极致。方萌与我相识这么久，应该知道我是个怀疑论者。这个世界上人格分裂者甚多，而怀疑论者是特殊的一种人格分裂。他们可以信心十足地推论，大胆地提出自己的观点。但不会认为自己发现了真理。他们存疑地看待周遭的一切主张，若让自己的主张豁免于怀疑论的剃刀，就是伪怀疑论者。

该文说：“在私下交流中，我建议也夫将‘精神文明’也纳入他的考察对象，他似乎并无兴趣。”他在天则的评议中说：“书中没有涉及到精神层面的成果，比如基督教、佛教、儒家学说。（其）核心的部分还是在一代人之内完成的，看起来更像是目的性的产物。”我认为，“精神文明”一词不成立。人类文明与生物进化的本质差异是，前者是精神成果，一旦问世就会发生水平和垂直上的传递，再难消失。比如，销毁核武器意思不大，因为制作核武器的方法已经无法抹掉。一切文明都是源自精神，所以不存在特定的一类“精神文明”。我俩通信时我说：“先有了科学，后来的学科被称作社会科学。我觉得后者就不是科学。先有了文明，后来一种精神活动或曰产物被称作精神文明，同理，所谓‘精神文明’（包括宗教）与最初被称作的文明不是一个东西。名称上的借用，不应该混淆了对范畴的深刻认识和严格区分。”这种名称上的较真，关乎说理之透彻。我为什么在论述副产品的这本书中不讨论宗教呢？我承认宗教在社会生活中的巨大作用，但是依然认为，在文明之进化这个维度上，技术和少数制度比如外婚制所发挥的作用，不是宗教可以比拟的。故没有在书中为宗教留下一席之地。

（2016 年 11 月 20 日刊于《上海书评》）

我们也是民国人

1998年夏，我刚读完大学一年级，听说家乡太原有位叫谢泳的文史学者，便冒昧地跑去拜访他。谢老师很客气，在堆满书籍资料的家中接待了我。之后几年，他陆续送给我几本他的新作，扉页上的题签总称我为“方萌兄”，让我受宠若惊。他知道我做移民方面的研究，特地将自己收藏的一册1937年版的《世界移民问题》赠予我。谢老师如此厚待一个晚辈，体现了老派学者的作风。从他的为人处世上，我直接感受到“民国范儿”。

第一次见面，谢老师聊了几句便问我：“你有没有听说过储安平这个人？”接着他便给我讲起《观察》杂志——一本民国年间的政论刊物。从那以后，我陆续从他的谈话和文章中了解到民国学人的思想与往事。谢老师生于20世纪60年代初，“曾经对现实投注了极大的热情，但每每失望”。他的研究对象也从当代文学转移到了民国知识界。通过爬梳传记资料，谢老师追怀了那个“逝去的年代”——这也是他一部专著的书名。他的另一本文集，取名《教授当年》，比较了民国和当代的学者，“都是教授，前后却大不相同”。对学生时代的我来说，他笔下的人物就像天上的星辰，在历史的夜空中闪闪发光，可望而不可即。

一晃近二十年过去，下一代研究民国史的学者已经浮出水面，华东师范大学的唐小兵兄就是其中一位。经友人介绍，我们在北京见过一两面，私下有些交流。今年他推出随笔集《与民国相遇》，寄给我一册，也让我这个门外汉受宠若惊。既然一卷在手，我便想看看小兵的写法有何新颖。此书文笔流畅，要言不烦，我几个晚上就读完了。每篇文章的篇幅不长，点到为止，不过也都有趣、有料、有识见。小兵接触的史料很广博，写作时却能取材精到，体现出他特有的眼光。许纪霖教授曾说他一干弟子中，小兵以“敏锐”见长。

《与民国相遇》写到政治家，也写到大学生，最多还是写知识分子。书名改作“与民国知识分子相遇”，似乎更符合主要内容。当然，小兵是不喜欢“分子”这种称呼的，因为“分子”将鲜活的个体化约成了同一的“元素”。民国时期的一个个“知识人”，才是小兵想描写和评说的。

书中一篇文章记叙了著名学者吴宓在辛亥革命期间的经历和心态。当时京城人心惶惶，不少居民逃往外地。吴宓却选择以静制动，还为自己找了个学术上的理由：“今即使京师有事，使余能于此危境中安稳度过，则能广增闻见，多添知识，事后谈之亦津津有味，且多能掇拾轶闻琐事，为他日著书之资料。”小兵对此评论道：“危急时刻，尚不忘做历史的见证人，如此吴宓，恍若加缪般的存在主义者，人生不是要生活得最好，而要体验得最多。”寥寥数语便刻画出了一个乱世书生可爱的痴态。

小兵笔下的民国人物，有些经历类似今人，让我多了几分亲切感。例如，他借历史学家陶希圣的回忆，比较了民国时期“海龟”和“土鳖”的待遇差别。陶希圣早年在商务印书馆工作，那里按毕业院校，分为三六九等：“我是国内大学毕业而有教书经历的，月薪八十元，坐的是三尺长尺半宽的小桌子……若是日本明治大学一类学校毕业回国的人，月薪是一百二十元，桌子长到三尺半，宽到二尺……若是欧美一般大学毕业回国的留学生，月薪可至二百元，桌椅同于日本帝国大学的留学生。”可见针对海归人才的优惠性政策，古已有之，于今为烈。今天的“土鳖”学者再过一些年撰写回忆录，恐怕也会重复陶希圣的抱怨吧。

最近几年我任教于北京某高校，身份从学生转为老师。再读大师们的故事，仍在仰望星空，可毕竟站高了几个台阶。民国和我的距离逐渐缩短，这是原因之一。原因之二则是社会的转变。所谓现代化进程，就是农业社会转向工业社会，定居社会转向流动社会，礼俗社会转向法理社会，熟人社会转向陌生人社会。在这四重意义上，民国是中国人全面接触现代性的时代。可惜从20世纪30年代末起，战乱和运动不断，80年代改革开放，才在很多领域重启现代化的历程。因此，民国那三十多年和改革开放后的三十多年，有着相似的世相，也遭遇了同质的问题。

在剧烈的社会转型时期，人们时常处在新旧道德的冲突之中，面对人生抉择就陷入了道德困境。有人像鲁迅一样，将发妻冷落一旁，与女学生婚外同居；也有人像胡适一样委曲求全，接受母亲安排的小脚夫人。由于不存在两全其美的做法，一些人难免将价值冲突内化于自身。比如，历史学家顾颉刚一面批评胡适和傅斯年不照顾母亲，“他们对于学问事业兴味过高了，自然家庭一方面渐渐地淡下去”。另一方面，同一个顾颉刚又曾撰文批判旧式家庭：“中国人只有祖宗的子孙，而没有社会的分子……只逼得人通向‘苟且’的一条路上去。”小兵不禁感慨道：“这真真是一个矛盾体大放异彩的时代！”逢今之世，婚姻自由已经不成问题。何时结婚，是否生子，又成为两辈人争论的焦点，我们也不难观察到许多“矛盾体”。

或许因为今年刚刚成婚，我最喜欢《与民国相遇》中的第三辑文字“情感”，也推荐给妻子和母亲阅读。民国知识人的婚恋往事，有萧公权、陈寅恪等关系和睦的案例，有沈从文、毛彦文等性格冲突的悲剧，有金岳霖这样快乐的单身汉，也有夏济安那样孤独终老的人物。

我最近读到民国女作家凌叔华和学者陈西滢的婚姻故事，两人表面上珠联璧合，实则是对怨侣。据他们的女儿陈小滢回忆，母亲常对她讲：“一个女人绝对不要结婚。”凌叔华将家庭看作累赘，自己若不结婚，当会取得更大的文学成就。在女性权利崛起的今日，如何平衡夫妻关系？这些八九十年前的悲喜剧给我们提供了不少启示。

民国也存在着大大小小的社会问题，今天的人们并不陌生。当时的毕业生数量远低于今日，可也产生了扩大招生后的就业危机。小兵提到 1926 年的一篇分析文章：“民国以来，国内外大学专门毕业学生岁以数千计，各省中学毕业学生岁以数万计。……其大部分欲投身社会者，则政府机关肥美重要之差缺，大小人员概都与军政要人有连，绝无容纳学校出身人才之余地……故每年国内外大学专门毕业学生，除有父兄及其他特别关系者外，欲循正当轨道以求容纳于社会者，百不得一。”这与时下媒体对“阶层固化”的担忧何其相似！

一端是毕业生的出路问题，另一端是青少年的教育机会。前文提到的陶希圣就尖锐地批评了当时的教育体制：“从小学到大学的几层等级，逐渐把贫苦子弟剔除下来。最贫苦的农工子弟们没有受初级小学教育的机会。……其中升入中学的少数青年，大抵出于中资或富裕的工商业、地主、官僚家族。……大学则是所谓‘上层社会’。”今天，义务教育已然在国民中普及，教育不平等的问题依然存在，如何在承认差异的同时，又促进社会流动性，是当前亟待解决的政策难题。

针对诸种人生与社会问题，各派主义在民国年间纷纷登场，众说纷纭。政治学家萧公权针对当时的言论风气，发出了这样的批评：“徒知提倡言论之自由而不努力培养自由之言论，则其论亦不免褊狭之病。……吾人试一检时人之言论，其能虚心持平以立说……固不乏其例，而意气用事之谈，褊狭无容之见，亦触目易见。异己者势欲打倒，同调者奉若神明。”如今，主流话语、自由派、新老左派、儒家和女权主义等论调在网络媒体上激战不断，人们随时都会听到各种言论的碰击之声。针对时事的理性讨论不是没有，更多则是口水战。与民国相比，“褊狭无容”恐怕有过之，“意气用事”确实无不及。

针对这些年的“民国热”，北京大学的李零教授放过句狠话：“民国时期是个天下大乱的时期，根本不像现在人吹的，简直是黄金时代。”小兵对此亦有反思：“（一些作者）将民国说得花好月圆，又如何能够解释民国时期的战乱流离、死难与贫困。”他在书中引用了民初学人杜亚泉的断语“吾侪之社会，乃间接的人将相食之社会”。在山西军阀阎锡山看来，民国是个礼崩乐坏的世界——“文官以政权害国，法官以法权害国，武官以枪杆害国，学者以笔杆害国”。这些说法或许属于愤激之辞，却说明时人如何看待社会的黑暗。

“一切历史都是当代史”。从《与民国相遇》可以看出，小兵着意留心了那些与现实相关的史料。例如，他通过亭子间的上海文人，指陈时局之弊。小兵对民国的研究，帮助他理解了当下；他对当下的关注，也有助于研究民国。不过，我们也应注意，那个分裂和战乱的时代毕竟已经远去，我们生活在一个统一与和平的世界。

小兵的民国史书写并不是要厚古薄今，而是意在通过历史，“给当代中国的公共文化建设灌注一些来自二十世纪的养分”。他认为历史具有“滋养人心之功效”，是建设公共文化的维度之一。如果说《逝去的年代》将往昔作为批判当代的标尺，《与民国相遇》则试图在两者间搭起一座理解的桥梁。回到历史本源，跨越时空交流，为讨论现实问题提供了一个重要视角。小兵在本书的“代后记”中表达了一丝担忧：“‘民国热’这两年已然有些退潮的意味，与此伴随的却是公共文化的式微。”因此他尤其关注旧时知识分子的公共空间，如朱光潜的读诗会和《大公报》的作者会，当然也少不了林徽因的“太太的客厅”。

记得当年初见谢泳老师，他便建议我要多读古人和洋人的书。在他看来，20 世纪一二十年代出生的学者享有很好的成才机会，我们这一代也是幸运的。他在一次采访中说：“1980 年以后出生的人，如果确有才能，你可以到美国去读书，基本上没有那些压抑你、束缚你的外在的东西。”后来谢老师赴厦门大学任教，我借出差机会找他一起吃饭，他在席间却道“现在的学生都不读书”。如今大学教授的收入已经不低，自由流动也基本实现，可现状并不令他满意。在《与民国相遇》的序言里，钱理群先生也表达了类似的感叹。他曾将希望寄托于70后和80后的学术青年，然而事实表明“我的这一期待，不过是一场美好而不现实的梦”。

对于学术和思想发展，也许我们本就不该抱有浪漫的幻想。今年八月，我与爱妻到意大利度蜜月，在佛罗伦萨参观了文艺复兴时期的历史遗迹。文艺复兴可谓人类文化史上的极盛时期，这样的黄金时代本就很少，需要多种条件的机缘巧合。在绝大多数历史时空中，每一代知识人都享有一些有利条件，也伴随着不同的限制和诱惑。如民国人梁启超所言，我辈“只当问成为学不成为学”，其他的都不必问。我愿与小兵兄共勉之，也期待读到他的下一部作品。

（2017年11月15日刊于“腾讯大家”网站）

阅读的美德

我到学者家中做客，总喜欢瞄几眼人家的书架。一是为了看看哪些书人有我无；二是为了了解书的主人。一个人买什么书，读什么书，比他的外表更能体现其人的品性和志趣。我认识唐小兵兄有些年了，尚未到他府上打扰过，也无缘参观他的藏书。可喜的是，小兵最近不仅公开展示了他的书架，还把书架上的藏品写成了一本书。

阅读的标准

小兵兄就职于华东师范大学历史系，曾在哈佛大学访问一年，已是同辈学人中的佼佼者。所谓术业有专攻，他的新作《书架上的近代中国》本不应由我这个搞社科的人评说。不过，吾师郑也夫先生曾言："历史学就是研究过去事情的社会学，社会学就是研究今天事情的历史学。"可见历史学和社会学是相通的，社会学中有历史社会学的分支，历史学家也借用社会学的理论解释历史，我与小兵也可算是广义的同行吧。

此外，如朱光潜先生所说："世间人有生来是演戏的，也有生来是看戏的。这演与看的分别主要地在如何安顿自我上面见出。"小兵与我大概生来都属于看戏的观众，无论看的对象是人物、历史，还是思想，总能获得一种精神上的愉悦。当然，演戏讲究演技，看戏也有门道。我为《书架上的近代中国》写作这篇书评，权且当作戏迷之间的一次心得交流，也想借此谈谈阅读的美德。

随便走入国内某座稍具规模的公共图书馆，关于中国近现代史的书籍不说汗牛充栋，至少可以摆满几架。小兵从中挑出二三十部佳作，“让自己屏心静气沉潜进去”。他评阅的论著作者包括阿伦特、狄百瑞等外国学者，陈寅恪和吴宓这样的“老清华”，葛兆光、王家范等当代学人，以及林毓生、叶文心等海外学者。我想小兵的选书标准侧重历史研究的学术和思想品质，他评价的作品都具有深厚的学理传承和知识积累。我不敢说它们以后都能成为经典，但肯定属于一时之选。

古人说“敬惜字纸”，在祖先们眼中，阅读是一件严肃的事情。在我童蒙初开的 20 世纪 80 年代，大人们还把看过的报纸保存起来；在今天碎片化的阅读时代，这样的举动就显得很可笑。阅读变成了一种私人的兴趣爱好，就像下棋或打球一样。读者成了小兵所谓的“自我决断阅读趣味的个体”，追求转瞬即逝的快感，谁还记得上一盘棋的残局？可棋类有段位，球类有规则，甚至跑步都可以计里程。阅读可有里程、规则和段位？

小兵在新作中对当下的阅读文化进行了批评和反思，他叩问阅读的意义：“阅读的首要目标是追寻当下的快乐，还是丰富对世界的认识，滋养自我的心灵，锤炼思想的能力？”在他看来，阅读是“通往心智成熟的有效方式”，因而应当是“严肃的”。小兵所说的“严肃阅读”主要指两点：按品质标准选书，以诚敬心态读书。读者应当追求深入、深刻和深沉的阅读体验，而非满足于肤浅的阅读快感。

有的读者可能会问，要多么严肃才称得上严肃阅读？我刚上大学的时候，波普的《开放社会及其敌人》是我心目中最严肃的理论著作。多年后，我读到美国政治哲学家沃格林对波普此书的评价："这根本是一部不应当写也不应当发表的著作。……这本书是厚颜无耻的、一知半解的废物。"沃格林近乎谩骂的苛评或许反映了他与波普之间的巨大思想分歧，但不能因此否定《开放社会及其敌人》的严肃性。不过，我想小兵也承认，世间依然存在比他列举的佳作更严肃的史学著作。

因此，严肃阅读没有一个恒定的标准，而是一种追求认识深度的努力。中学生读王小波已称得上严肃，大学教授如果只读福山或福柯，可能都会被同行讥为浅薄。小兵在书中引用了殷海光的书信："读书做学问是少数知识贵族的事。"话虽如此，没有人一出生就是知识贵族，一个人的学问境界必须经由后天的不断努力达到。在生命中的任何时刻，总有一些更伟大的著作等待我们去阅读。就像攀登高山一样，坚持循序渐进拾级而上，不肯知难而退或原地打转，这是我想谈的第一种阅读的美德。

阅读的场域

小兵的博士论文题为《现代中国的公共舆论》，"公共空间"是论文的关键词之一。他的一本文集名为《十字街头的知识人》，也具有较强的空间感。相对于"空间"，我更喜欢法国社会学家布迪厄提出的“场域”概念。空间有点物理学的味道，场域虽然带点儿学究气，听起来更像社会舞台。阅读的空间是由大大小小气质各异的场域组成，中国近现代思想史也可以看作一部阅读的场域变迁史和互动史。

那种碎片化和娱乐化的阅读场域何时出现？小兵将其追溯到清朝末年：“自晚清经典逐渐淡出读书人的生活世界，慢慢地就是一些短平快的畅销书、小册子或者一些口号式的政治读物在抓取青年人的心灵。”正如英国文学批评家马修·阿诺德所言，这种文化无政府的状态是现代社会的一种病症。小兵也所见略同：“对于严肃文化的抵制和消解，往往就是在导向一种温吞吞、懒洋洋的公共文化的形成……进而导致一种僵尸社会的面貌。”

如果公共文化只是温吞吞的，或许还不值得我们过于担心，更可怕的是它走向了激进化。中国的舆论场在晚清发生了结构性的巨变，传统的清流逐渐被淘汰出局，媒体知识分子主导了言论风向。小兵对此评价道：“在他们（报刊评论家）急功近利的心态与视野之中，传统的义理与道德成了阻碍中国近代化的绊脚石，而需引进西方的真理来救治中国之积弊。”相应地，评论的文风也变得恣肆和骄嚣，就像历史学家杨国强说的：“知识人既少自主的理性，也少立言的责任意识。”

针对当时的言论风气，民国政治学家萧公权批评道：“徒知提倡言论之自由而不努力培养自由之言论，则其论亦不免褊狭之病。……吾人试一检时人之言论，其能虚心持平以立说……固不乏其例，而意气用事之谈，褊狭无容之见，亦触目易见。

异己者势欲打倒，同调者奉若神明。”类似小兵对今天自媒体世界的描述，基于报刊平台的阅读“往往更追求一种即时的、显著的效果，就像注射肾上腺激素一样需要立竿见影的结果”。

在小兵看来，20世纪二三十年代的中西大学校园才是比较理想的阅读场域。他在书中描绘了陈寅恪在哈佛大学的留学环境和英国思想家伯林在牛津大学的日常生活。两人日后之所以成为大学者，是与他们年轻时一同论学问道的朋友们分不开的，因此天才总是“成群地来”。吴宓的学术天分虽不如哈佛诸贤，他在这个读书群体中也有见贤思齐之感，这见于他当时的日记：“宓于学问，毫无实功，今即与二君（汤用彤和张鑫海）较，远不能望其项背……”

我们今天之所以追怀民国学人，部分是因为现在的大学校园并非理想的阅读场域。在强调“学科意识”的量化考核时代，校园的学术风气岂止是斯诺说的“两种文化”，更是支离破碎的N种文化，即使一个学院里的同事也难以进行研究上的交流。在这种学术环境中，论文篇数和引用量尽管像生产总值一样迅速增长，追求智识生活的学人则被边缘化了，严肃阅读也变成了少数师生的亚文化，更多见于正式教学和研究之外的读书会里。

这样的读书会仍然具有它的重要意义，今天在中国思想界活跃的李猛和渠敬东等社会学者，20世纪90年代都曾参与北大各院系学生组成的福柯读书小组，他们在那里找到了相互砥砺的同伴。若想实践严肃阅读，我们需要建立和参与适于这种生活的场域，至少与自媒体和报刊的世界保持距离。这是我想说的第二种阅读的美德。

阅读的斗争

人们通常将阅读爱好同静止联系起来，其实阅读中充满了动感，甚至导致“灵魂深处闹革命”。毫不夸张地说，我自己的阅读史也是一部个人思想的斗争史。我可能天生长着“反骨”，掌握一种理论后，就希望看到对这种理论的批判。德国思想家赫希曼（Albert Otto Hirschman）说他具有“自我颠覆的倾向”，类似的倾向也让我不时处在一种“今日之我与昨日之我战”的心理状态下。这应该就是小兵所说的“有抵抗感的阅读”，即“对阅读者固有的价值观念和知识体系构成某种挑战甚至颠覆”。在此意义上，严肃阅读必然是一种具有公共性的阅读。

就我的理解，小兵所说的“抵抗”并不是指抵抗与自己观点相异的立场，而是抵抗思想的惰性。德国社会学家曼海姆曾这样批判过思想的惰性：“人们并不怀疑自己的立场，将它看作绝对（正确）的，却认为对方的想法只是缘于他们所占据的社会位置。”有鉴于此，我很欣赏小兵在几篇文章中将对立的观点同时介绍给读者，让他们自己来评判哪一方更有道理，例如他持平地分析了中国学者赵汀阳与法国学者德布雷关于革命的对话。这正符合民国社会学家陶孟和的教育观：“教育不是传布偏见，不是灌输学说，乃是解放幼年的心灵，发展他自己的判断力。”

过去人们常常以为，有了言论自由，就了自由言论，其实前者并不是后者的充分条件。言论自由的概念容易理解，什么是自由言论呢？萧公权解释说：“发自独到之思考，根诸事理之观察，尊重他方之意见，而不受自己感情之支配，或他人主见之指使者是也。”简言之，就是陈寅恪讲“脱心志于俗谛之桎梏”。自由言论的表达者相当于柏拉图“洞穴譬喻”中那些走出洞穴，或尝试走出洞穴的智者。小兵将洞穴与鲁迅笔下的“铁屋”类比，似乎不大妥当，后者更多指向压制言论的黑暗体制，而掀翻铁屋并不意味着走出洞穴。

通过严肃阅读，进行判断力方面的训练，正是为了走出洞穴，改善舆论环境的生态。《书架上的近代中国》多次提到自由、平等、民主和多元等现代价值，这些都是重要的公共价值，也都有可能因滥用而导致祸患。从自由到放任，从平等到激进，从民主到分裂，从多元到虚无，这些倾向不只是摆在书架上的历史教训，也是有些国家活生生的现实。在阅读的斗争中反思种种价值和言说的优劣，由星星点点的微光指引，找到走出洞穴的路径，成为一个拥有自由思想的人，这是我想说的最后一种阅读的美德。

（2020 年 9 月 22 日刊于《经济观察报》，有删节）

门外看“后学”

张宽先生是乔治·梅森大学中文教学部的主任，他的英文名字叫“卡尔·张”（Karl Zhang），卡尔·马克思的“卡尔”。我来梅森一段时间才知道，他不仅精通德语文学，还是位“后主”——研究“后殖民理论”的主儿。

我同张宽只见过一两面，平时偶有电子邮件往来。两个月前，他赠我一册新出版的自选集《香格里拉围城》。我发现收录其中的《离经叛道》一文，原来自己多年前在《读书》杂志上就读过。20 世纪 90 年代初，张宽通过该刊介绍了萨义德的后殖民理论，还曾掀起过一场思想界的争论。我当时还是中学生，从语文老师那里借来《读书》，自然看得一头雾水。什么结构主义，什么解构主义，我只当是文学批评家转行做了建筑工人——搞不清他们的理论大厦怎么盖的。

即使到今天，我于文学理论也全然是门外汉。不过，张宽的文章就是写给我这种对文学有点兴趣的门外汉的。我的专业领域是社会科学，里面也有些学者在玩“后学”：管理学家德鲁克（Peter F. Drucker）生前阐述过“后资本主义社会”的变迁；我一位老师丁学良的美国导师丹尼尔·贝尔（Daniel Bell），20 世纪 70 年代就提出过“后工业时代”的概念；我的另一位老师郑也夫，去年推出了《后物欲时代的来临》一书。不同学科的学者们都觉察到这个世界的重大变化，可是究竟是怎样一种变化，他们目前还没有达成共识。我这个社会科学“后学”的后学，斗胆评论一下人文学界的“后学”，恐怕还不算隔行如隔山的“鸡同鸭讲”。下文就中国人的海外形象展开讨论。

中国人肮脏吵闹吗?

几个月前，我和一个日本女生吃饭，席间我问她为什么日本人对中国人印象那么差。她犹豫再三，最后坦诚地告诉我，日本人眼中的中国人“又脏又吵”。日本人的这种对华印象大概由来已久，当年日军侵华的理由之一，就是“日本文明”比“中华文明”更优越更先进。根据后殖民理论，张宽总结道：“不管贬也好，褒也好，中国的形象在西方一直被扭曲着，而被扭曲的原因是特定的西方社会势能有此需要。”这种“殖民话语”后来在东方又得到了本土知识分子的复制，张宽在《香格里拉围城》后记中指出：“海内外的研究铁板钉钉地证明鲁迅写《阿Q正传》之前读到了亚瑟·斯密的《中国人之国民性》……以鲁迅为代表的那一代中国知识分子对‘国民劣根性’的攻伐，很少有哪一条不是早就被西方的殖民话语所凸显过的。”

这位亚瑟·斯密（Arthur Smith）并非我们熟悉的经济学鼻祖亚当·斯密（Adam Smith）。他生于19世纪中叶的美国，取了个中文名字叫“明恩溥”，曾在中国传教长达半个世纪之久。明恩溥基于对山东农民的长期观察，于1894年在美国出版了《中国人的性格》（又译《中国人气质》或《中国人的特性》）。

我这里想和张宽先生探讨两个问题。第一，明恩溥是否如实反映了中国人的性格；第二，他对鲁迅的影响能否看作对殖民话语的复制。

20 世纪 30 年代，社会学家潘光旦为了研究民族问题，曾经选译过《中国人的特性》的一些章节，并邀请他的同事，社会学家李景汉作序。李在序言中回顾了他阅读此书的心路历程。李景汉初中就读过此书的日译本，对明恩溥的描写“不大以为然”，甚至愤然觉得“岂有此理”。他赴美国求学后细读过《中国人的特性》，仍然觉得“书中不少地方未能赞同，也有些地方使我不愉快”。毕业回国，李景汉在中国农村从事了几年社会调查，再次将此书从箱底翻出。此时他的评价就大不同前了：“他（明恩溥）对中国农村社会的现象，可谓观察精密，独具只眼。”

对李景汉的阅读史，我们应该解读为西方殖民话语的侵袭过程，还是中美学者对社会现实达成共识的过程？我倾向于后一种解读。明恩溥在书提到中国人“不求准确”，“不守时间”，李景汉对此写道：“凡在乡间作过调查的，无不立刻感觉（中国人）这一种显著的品性。”这种社会学的重复观察，说明明氏的描述是经过事实检验的。鲁迅参考《中国人的性格》，恐怕多是出于他与明恩溥所见略同，而不是他通过明氏重新认识中国人。

我在陕西农村的老家曾经断断续续住过一段时间，那里的老百姓今天还随地吐痰，在公共场合讲话，音量大得吓人。按西方社会的标准看，这难道不算“又脏又吵”？国内一些暴发户现在有钱出国旅游，可还保留着农村人的生活习惯，高度城市化的日本人自然看不惯了。上面提到的那个日本女生讲完后，我这样回答她："我相信日本人的印象是有根据的。不过你也要看到，这是中国人还没有完全城市化的表现。在中国最现代化的城市上海，大部分居民也像贵国人民一样喜欢洁净，不爱吵闹。随着经济发展，中国人在生活习惯上会变得越来越像日本人的。"

《中国人的性格》是西方人在19世纪的语境下对前现代中国的考察，如李景汉和潘光旦评价的那样，它在很大程度上如实反映了当时中国农村居民的生活状况。西方社会的现代化革命比中国早了一步，之前又何尝没有那些乡下人的举止和习惯？明氏的论著并不是西方殖民话语对中国人形象的歪曲，只是我们需要纠正西方人对中国的过时印象，指出这些国民性的差异源于发展阶段不同，并非中国人本性如此。

中国人丑陋吗？

有位西方学者谈到，对于历史学家来说，后现代主义标榜的新发现从来不是什么秘密，它无非指出史料记载"注定是不完整的，有偏差的"。读过《香格里拉围城》，我对后殖民主义虽然仅有点浮光掠影的了解，也有类似感想。强势者从来都喜欢美化自己，丑化弱者，后殖民主义就是要揭露强者的宣传术。

回想起来，我最早接触的后殖民文论，是一篇《末代皇帝》

的影评。意大利导演贝托鲁奇于1987年摄制了这部历史大片，它获得当年九项奥斯卡大奖。像《安娜与国王》中的安娜，《阿拉伯的劳伦斯》中的劳伦斯，影片中溥仪的英文师傅庄士敦被描绘成一位富有善心和正义感的老绅士，溥仪手下的大臣太监们则显得昏庸和贪婪。如果不是那位影评作者（似乎是作家王蒙）点明，当年满脑子“全盘西化”思想的我对这种殖民话语毫无警觉。我们只要清点一下近半个世纪好莱坞影片中的中国人形象，就会更清楚“东方主义”如何塑造了这个东亚民族在西方世界的陋形。今年CNN主持人卡弗蒂（Jack Cafferty）对华人的辱骂，影星莎朗·斯通（Sharon Stone）的“天遣”言论，恐怕都潜移默化地受过好莱坞的影响。

美国日本史专家约翰·道尔（John Dower）曾指出，“日本人实际上是被套上了欧美人千百年来对非白种人所持有的种族成见……包括类人猿、矮子、原始人、小人、疯子等等形象”。仅就心理效果而言，美国在太平洋战争中打败日本，这些“丑化工程”是颇有战略意义的。一位美国飞行员倘若相信日本人都是文明友善的无辜者，他很难心安理得地向东京市区投下一颗颗炸弹。“二战”后，出于冷战中对抗中国的目的，美国又成功地改善了日本人的形象。日本人变得勤劳智慧，彬彬有礼，热爱自由民主和美国文化。仅仅一代人功夫，日本人就从类人猿进化成了优等民族，见多识广的生物学家也会为之惊叹吧。

回到开头的问题，中国人是否比其他民族更丑陋呢？大约在十年前，我有了第一位经常往来的美国朋友。那时，我对他抱着深深的好奇心和神秘感，格外留心我们之间的种族和文化差异。后来我认识了更多美国人和其他国家的朋友，却越来越多地感受到人和人之间的相似性。我在梅森大学附近的弗吉尼亚北郊住过两年时间，期间和原教旨基督徒有过激烈辩论，也曾与极端自由派一道畅饮狂欢。说实话，我真没有觉得他们比普通中国人好多少，也没觉得他们坏多少。逢今之世，中国和西方国家既非铁杆盟友，也不是死硬敌人，彼此之间的妖魔化和神化都没有必要，就把对方当成是和自己一样的人看待好了。

因为柏杨今年去世，很多人重温了他的名作《丑陋的中国人》。中国人不是不能批评，可柏杨却有意无意地建立了一种因果联系——因为是中国人，所以我们丑陋。在全球化时代，我们对其他民族了解得越多，就越会发现他们和我们相似。这种“中国人丑陋”的说法也就越来越站不住脚了。即便西方某些势力还在歪曲中国人的形象，我们至少应该停止这种自我丑化。

（2009 年春刊于《社会学家茶座》，有删改）

在历史的天空下

2017年夏，我和太太燕尔新婚，便讨论起蜜月旅行的计划。太太在北京一家意大利外企工作，却从未去过老东家的祖国，我对古罗马也神往已久，于是我们敲定8月下旬飞往亚平宁半岛。太太酷爱国际旅游，做起“攻略”来轻车熟路。我们准备在12天内遍游意大利4座城市，本来还打算造访两座小城，因为行程紧张只好放弃了。

每次到异国他乡，我都会带几本与目的地有关的电子书，半是为了解当地的历史文化，半是为打发旅途中的沉闷时光。这次我选择了盐野七生的《罗马人的故事》。盐野是日本作家，长居意大利，以东方人的视角讲述西方历史。全书娓娓道来，共有16册。作者旨在回答一个问题：“古代的罗马人，到底是什么样的人呢？”我在飞机上睡一阵翻几章，断断续续读到高卢人入侵，机长就通知乘客准备降落了。

在天上读了古人的传奇，该到地上看看他们的遗迹了。我们预订的旅馆在罗马中央车站附近。放下行李，稍作休息，太太和我便步行前往大斗兽场。因为时间有点晚，我们只在外围转了一圈，并在凯旋门和几根立柱下留影。隔天我们进入内部参观，斗兽场的架构就像一个中型体育场，并未让我感到震撼。这座在电影和画册中见过几百次的古老建筑，似乎更适合从外部欣赏，尤其在夕阳或夜色下。当观景灯照亮夜空，斗兽场外墙上的一个个拱门映射出暗黄色的光芒，就像历史老人打开的时间之窗，引诱着游客穿越到梦境般的帝国时代。

此次旅行中最令我陶醉的景观，是斗兽场西侧的古罗马广场，也有人称之为“罗马废墟”，它确实就是一堆一堆的断壁残垣。我参观过国内不少历史景点，除了帝陵，唐朝以前的古建筑大都消失在烟雨中。未央宫千年不倒，今天也只剩下一个土台基。古罗马广场则存留了2000多年前的宫室和神庙，怎能不让我触景生情并遥想恺撒当年？18世纪的英国史学家吉本（Edward Gibbon）来到此处，亦有黍离之悲、抚城之哭，他用余生写出长卷《罗马帝国衰亡史》，开篇即感叹：“伟哉罗马，举世所誉，经此变革，虽毁犹荣。”

俗话说看景不如听景，于我亦然，不过我另有一种听景之道。每见山河壮美或楼台雅致，我总会戴上耳机，伴随音乐浮想联翩，心潮澎湃。太太见状，笑我“意淫”，我也欣然接受。人生苦短，若无“意淫”，少了多少乐趣？这次蜜月之旅，我“意淫”的高潮在卡里卡拉浴场，即著名的罗马公共浴场。某日下午，我顶着八月的骄阳，汗流浃背地走到浴场遗址。可能因为天热，场内几乎没有游客。我独自转了两圈，一边听着历史剧《罗马》的主题曲，一面望着那些土黄的基座和墙垣。在这写满沧桑的古浴场，我不由得想起一句宋词：“舞榭歌台，风流总被雨打风吹去。”

卡里卡拉浴场是集竞技场、健身房、按摩室和图书馆于一体的大型休闲场所，它开放给罗马市民使用了三个世纪，极尽享乐和奢靡之风。在我的家乡，20 世纪 90 年代也兴起过一座类似的娱乐中心“金昌盛”——它拥有西洋城堡式的庞大建筑群，号称“亚洲第一歌城”，承载了不少隐秘的记忆，如今因城市改造已被拆除。卡里卡拉作为罗马帝国的人文景观而存世，“金昌盛”则成为“翻过去的一页”而湮灭，历史女神在这里显露了她势利的个性。

罗马城中有城。独立王国梵蒂冈体现了西方历史上的政教分离传统。虽然与主城区相隔只有几站，但这里已是另一番天地，从古罗马的异教时空转换到了天主教境域。罗马教廷在上千年里积累下来的艺术珍品都存放在梵蒂冈博物馆，我们花了大半天也没看完，在很多展室只是走马观花。下午在烈日下排了一小时队，我们才得以进入圣彼得大教堂。这里是天主教的圣地，历代教宗的雕像高高在上，审视着前来朝拜的众生。上帝的气场如此强大，我不由得放下平日的疑神论立场，跟随其他游客一同祈祷未来。

罗马的地理面积只是意大利的几百分之一，在文化意义上却代表半个意大利。我的忘年交丁学良教授酷爱罗马，他告诉我一句当地谚语“一辈子不够逛罗马”。可惜，我们只待了短短五日，吃了顿丰盛的大餐后，便依依不舍地乘火车前往佛罗伦萨了。一路上我们看到连绵起伏的山峦，它们见证了从古罗马帝国到现代意大利的人事代谢和世事变迁。我们将要领略这段历史的一个巅峰时期——文艺复兴。

佛罗伦萨像罗马城一样熙熙攘攘，可城市的空间要紧凑得多。从帝国的首都到共和国的首府，我有些理解为什么前者孕育了恺撒和西塞罗，而后者却产生了美第奇和马基雅维利。教堂、博物馆和名人故居遍布在佛罗伦萨的街市上，散发出一股浓浓的人文气息。即使 GUCCI 这样的精品店也相得益彰，没有在纽约或香港的那股商业味道。傍晚在山顶上眺望整个城市，你会发现这座艺术之都最美丽的藏品就是她自身。

每到一地，我喜欢看活人，也喜欢看“死人”。太太猜我一定想去圣十字教堂，里面埋着四位伟人。一个晴朗的早上，我们排队进入教堂。这里其实是佛罗伦萨的先贤祠，埋葬着几十位荣誉市民。太太说的四位伟人都是震古烁今的世界级人物：但丁、米开朗基罗、马基雅维利和伽利略。米开朗基罗和马基雅维利属于同时代人，想必在城里的街巷碰过面，但丁和伽利略则与两人萧条异代。他们在地下做邻居，若死后有知，但丁又可以在《神曲》中添加三个人物了。后来我才知道，但丁在流亡中死于拉文纳，肉身也葬在那里，圣十字教堂只有座空坟。这个佛罗伦萨人的灵魂，是否仍在炼狱中游荡？

我们的下一站是水城威尼斯，包括主岛和周边几个小岛。主岛的水道狭长，只有一种叫“贡多拉”的黑色小船可以通行。我还记得一部 007 影片中邦德乘贡多拉追逐对手的场景。陆路以小桥连接，蜿蜒曲折，如入迷宫。我们一直走到圣马可广场，才看到一片开阔地，这里也是威尼斯的港口。15 世纪末的一天，可怕的消息传到水城——达伽马发现了通往东方的新航路。从此，威尼斯失去了往日的商贸中心地位，逐渐沦落为一个旅游城市，只有广场上的白鸽依旧在此乞食。

在威尼斯盘桓两日后，我们抵达了这次旅行的终点米兰。

此时我的游兴也减了大半，只去市中心的大教堂和长廊转了转。米兰是意大利最现代化的城市，号称工业之都和时尚之都，我们住的旅馆房间也是四城中最舒适的。可正因为太现代了，我反倒不想外出，只在屋内上网看书。现在回想起来，也许我们这样安排更好：先到米兰短暂停留，途经威尼斯和佛罗伦萨，最后畅游“永恒之城”罗马。总将最精彩的放到最后，也是一种人生哲学吧。

这次旅行不是没有遗憾。听说哲学家葛兰西的墓地在英国公墓内，我在离开罗马的最后一天前去寻访，转了一个小时也没有找到，只得悻悻地踏上北往的列车。但丁、马基雅维利和葛兰西都写过经典的政治理论著作，他们或憧憬世界大同，或评析实力斗争，或探讨文化霸权。如果人类的政治史真有终结的一天，人们可以根据康德所谓的“普遍历史”，组织一条贯穿意大利的旅游路线，这三位思想家的坟冢都应点缀其上。

我们在米兰机场向意大利道别时，太太表示她一定会再来。我想起在前来机场的路上，看到屹立在北方的阿尔卑斯山。17年前，我第一次出国到瑞士，就从另一侧登临过她的一座高峰。若干年后，我们再次访问亚平宁半岛，也会体验到不一样的风景。毕竟，罗马用一生是逛不完的。回程的飞机上，我还得接着读《罗马人的故事》呢。

（2018年8月刊于《财智生活》）

行万里路，读一本书

古话说："读万卷书，行万里路。"前一句出现很早，今天的小学生都知道杜甫的名句"读书破万卷，下笔如有神"。诗圣在别处还写过"年少今开万卷余""群书万卷常暗诵"，用来形容友人的博览。"万卷"也是宋代诗人的常用词，辛弃疾就感慨过："诗书万卷，致身须到古伊周。莫学班超投笔，纵得封侯万里，憔悴老边州。"在求取功名的诗人眼里，读万卷书远比行万里路重要。平定西域的班超获得副国级待遇，也不过是个"边区"干部。

将"读万卷书"与"行万里路"并列，据说始自明人董其昌。他的《画诀》一文总结道："画家六法，一气韵生动。气韵不可学，此生而知之，自有天授，然亦有学得处。读万卷书，行万里路，胸中脱去尘浊，自然丘壑内营，立成鄄鄂，随手写出，皆为山水传神矣。"在董氏看来，读书行路都是为了提高艺术创作水平，后人引申为增长知识和见闻均有助于成就事业。清人钱泳在《履园丛话》中引用了这句成语："语有云：'读万卷书，行万里路'，二者不可偏废，然二者亦不能兼。每见老书生矻矻纸堆中数十年，而一出书房门，便不知东西南北者，比比皆是。"行万里路可以补读万卷书之不足，间接知识应与直接观察相结合。

古人活到八十已属不易，除去不懂事的头十年和管不了事的最后十年，剩下六十年还能做事。如何充分利用这六十年？钱泳主张“读书二十载，出游二十载，著书二十载，方不愧‘读万卷书，行万里路’者也”。无论为了功名、绘画还是著书，古人读书游历的目的性都很强。今人则多将读书旅行看作“兴趣爱好”，兴之所至，尽其在我。本文想与读者分享的，就是这样一种非功利性的阅读体验。

过去八年间，我借助参加会议和调研的机会，访问了全球十多个国家，也到过国内二十几个城市。从日本首都东京到欧盟“首都”布鲁塞尔，从希腊古城塞萨洛尼基到现代化的韩国首尔，从接近北极圈的芬兰坦佩雷到赤道国家新加坡，我的足迹已经遍布欧亚大陆。加上在留学期间曾到访过的美国、加拿大和澳大利亚，我只留下非洲和拉美还未涉足。

每到一处，我最好的旅伴都是一本书。以书籍作旅伴好处多多——她从不抱怨食宿条件，从不为路线跟你争吵。需要时她会给你讲故事，不需要时让她在背包里大睡就好。2006年夏天，我去澳大利亚东部的布里斯班参加学术会议，顺便在悉尼游玩了几日。那是我首次带一本书上路，《澳洲史》伴我度过了整个旅程。从布里斯班到悉尼的火车开得很慢，早上七点多上车，天黑才到终点站。我本想在车上饱览澳洲大陆的自然风光，可惜那时南半球还是冬天，我只有一次看到野生袋鼠跑跳。如果在车上不能阅读《澳洲史》，不知旅途会多么无聊。

我在悉尼的海洋博物馆参观了“探索者”号1∶1的复制品，此船船长正是大名鼎鼎的英国航海家库克（James Cook）。船身不过三十余米长，甲板面积只有五六间卧房大小。船员在上下两层的船舱活动，必须屈膝爬行。据《澳洲史》记载，如此狭仄的居住空间，当年居然塞进 94 个人，库克的卧舱也仅可容身。库克之后，弗林德斯（Matthew Flinders）接续了大英帝国在南半球的航海事业。凭借他的才干和毅力，英国赶在法国之前勘察了澳洲南岸。我至今仍记着书中弗林德斯的豪言壮语："我有一种不可遏制的冲动，不愿与那些平庸之辈为伍。"

2014 年秋，我因公差飞至历史名城伊斯坦布尔，这次随身携带了英国史学家克劳力（Roger Crowley）的《1453》。遥想当年，奥斯曼帝国攻占君士坦丁堡，就是现在的伊斯坦布尔。我在这座充满伊斯兰风情的城市忙完公干，偷得浮生半日闲，参观了大巴扎和清真寺。傍晚下起小雨，我来到马尔马拉海边上的一家餐厅，享用美味后便读起了《1453》。克劳力为读者生动地再现了一幕幕战争场景，而我正身处几百年后的战场，随着波涛荡漾心潮起伏。这里斗胆改动两句古诗，以表达自己当时的感受："旅夜坐听风吹雨，铁马列舰入梦来。"

在我看来，书籍和旅行实为互补品，而非替代品。书籍提供的信息是历时的、抽象的和选择性的，而旅行中的感受则是瞬时的、具象的和全息性的。两者可以补充对方的短处，并为彼此增加兴味。一次，我飞往希腊的塞萨洛尼基参加项目会议，因为时差的关系，第二天五点多就起床了。我走上阳台，看到硕大的太阳在海面上冉冉升起，映出耀眼的粼粼波光。那一刻，日神阿波罗突然在我脑中闪现，他仿佛驾着四轮马车从天空中徐徐驶来。在回程的飞机上，我重读了斯威布（Gustav Schwab）的《希腊的神话和传说》，多少理解了古希腊人为何要创造那些神话人物。

2016 年冬，我参与的一个欧盟项目结束，所有研究人员赶赴布鲁塞尔准备结项。我知道该城是马克思起草《共产党宣言》的地方，提前查阅了他的故居地址。回程前还剩一上午时间，我一大早就来到马克思当年生活的街区按图索骥。穿越某条东西向的小街时，一缕清晨的阳光照射进来，让我备感振奋，想必马克思当年也怀着这种激昂的心情写下宣言吧。七拐八拐找到他的故居，那里现在是个瑜伽馆。我在门前站立了一会儿，默念了宣言中的几个段落便离开了。

除了理解历史文化，我也通过边游边读的方式聊发思古之幽情。一次去昆明出差，我带了部《南明史》。作者司徒琳（Lynn A. Struve）是位美国汉学家，她以相对超然的立场记叙了南明政权的抗清运动。比起那些带有政治色彩的同主题读物，此书更能让我掩卷三思。利用公事闲隙，我在昆明翠湖边上找到逼死坡，此处树立着纪念永历帝殉国的石碑。永历帝是南明最后一位皇帝，也是历史上最后一位汉人皇帝。司徒琳以平淡的笔调记叙了这段历史："1662 年 5 月底，最后一位有明朝皇帝称号的人，在云南府与其子一同被害，可能是勒死的。"

2016 年春，我带了部《菲律宾史》飞往马尼拉，碰巧住在黎萨公园附近。黎萨被尊为菲律宾国父，他像鲁迅一样弃医从文，唤醒了菲律宾人的民族意识。1898 年 12 月底，西班牙殖民政府就在黎萨公园所在地枪杀了这位烈士。一个炎热的下午，我走到公园一角，一边看着表现黎萨遇难情形的雕像，一边读着《菲律宾史》的有关章节。此刻空间与时间奇妙地交汇在一起，让我体验到一种壮美的崇高感。到了夜里，很多贫穷的马尼拉居民在公园内外席地而睡，可见这个国家的苦难尚未结束。

明人张潮在《幽梦影》中这样总结读书经验："春宜读集，夏宜读史，秋宜读子，冬宜读经。"流动的旅行就像躁动的夏天，也适于读史书。此外，小说也是不错的旅行读物。有一年我去东京参加国际会议，随行带了渡边淳一的小说《无影灯》。小说的背景就设在东京，女主人公伦子住在一个叫惠比寿的地方。碰巧我住的旅馆也在那里，这帮助我设身处地地理解了故事情节。看到街头过往的白领丽人，我不禁想，她们的生活是否也像小说中的伦子？

用流行语来说，我在旅途中的阅读乃是一种"体验经济"，非物质无服务，属于特别的精神享受。当然，"锦城虽云乐，不如早还家"。去过世界上很多地方后，我还是觉得在家里看书最踏实和惬意。毕竟，读书的主旨不是为了游玩，而是为了建设精神家园。

（2019 年 4 月作）

观人

一切从李敖开始

1994 年，我 16 岁，上高一。那年暑假，在家乡太原的书摊上，我见到一本黑色封皮的书。书名叫《我的皮肉生涯》，让人误以为是某名妓的回忆录。一翻才知道，作者叫“李敖”。从此李敖成了我最喜爱的作家之一，今天还能背出他书中的不少段落。

李敖接续了五四以降的自由主义文脉，在台湾大学师从胡适和殷海光，成为《文星》杂志的主要撰稿人之一。他早年的文字穿越海峡后，又成为新一代青年的启蒙读物。他在大陆的影响不亚于长他一辈的柏杨，也胜过晚他一辈的龙应台。

一个在精神上有点追求的青年开始接触中西思想的时候，总希望找到能够直接对他说话的知识人。李敖在世纪之交的中国扮演了这样的角色。面对那些未经世事的懵懂少年，他像教父一样现身说法，同他们分享针对各种问题的观点。他主持的电视节目取了个恰如其分的名字《李敖有话说》，我的一位朋友看过后说：“李敖讲话的样子就像中学老师。”

安・兰德（Ayn Rand）是“二战”后美国著名的公共知识分子，很多共和党人年轻时都读过她的作品，由此决心投身政治。对他们来说，生命中的志业通常始于兰德。类似的，我和很多同龄人对社会理想的追求，也是从阅读李敖开始的。在人生的青葱年华，他将我们带入了思想的世界，我从他的书中第一次知道了杜威和钱穆。现在回想起来，李敖充当了为我们引路的门户人物，根源还在于他那颇具魔力的写作风格。

李敖是个勤奋著述的作家，他自称一天能写三千字，他的全集长达上千万字。李敖也是个文字浅显的作家，他将读者的文化程度设定为高中水平。这两条很多作家也都具备，可极少有人采用李敖那种话语方式。用流行音乐的术语来说，他的文风具有很高的“辨识度”。李敖说自己包揽了中国白话散文的前三名，难免让人觉得妄自尊大；可不满的人也不得不承认他妙语连珠，文采横溢。

李敖的文章经常使用自大狂式的标榜和批判话语，有助于他吸引年轻读者。他用“狂叛”一词形容自己的文风，自外于传统的二十四品。为了显得狂叛，他便不能人云亦云，而要不时表达一些耸人听闻的论点。他在大学时期将自己塑造为特立独行的“长袍怪”，晚年则穿着“招牌红夹克”在电视上露面。这种标新立异的服饰风格就像他的语风一样语不惊人死不休，受到具有叛逆心理的年轻人的追捧。

众所周知，李敖喜欢攻击他人，在“骂人党”中堪称老大。他的批评有技术，也有技巧。用李敖自己的话来说：“别人骂你是王八蛋，而我却能证明你是王八蛋。”他在中国思想界的独行侠身份有点像方舟子，可以向任何不顺眼的人物开炮。李敖的话语策略在于扮演非主流中的主流，因此他在专制时代张扬自由，自由时代又攻击民主；他在保守的年代批评老年人，在新潮的年代又教训年轻人。他的自大狂个性很像特朗普，两人都参加过电视节目，参加过竞选，也许不是巧合。当然，相比于吹嘘自己阅读量的特朗普，李敖确实读过很多书。

读过李敖自传的人，对他最深的印象恐怕还不是他的著作之多，而是女友之多。他在自传里大谈自己的情史，亦不避床笫之事。李敖开“身体写作”之先河，卫慧和木子美之流皆瞠乎其后。我在地摊上曾见一本情色小说，男主人公就是我们的李大师。李敖后来也听说了：“大陆出了一本书，把我写成了西门庆。”读者若真以为他是色情狂，那就上了他的当了。文人的风流主要在字里行间，他们的情书多半比他们本人更可爱。李敖在女人身上花的时间，未必多过其他男作家。他自曝情感故事，主要目的在于招揽读者，顺便揶揄一下老情人罢了。

在一生中相当长的时间里，李敖是个孤独的男人，而且受过很深的伤害。他被大学时代的女友抛弃后，曾吃安眠药自杀未遂，在医院里抢救过来。李敖的罗曼史虽然轰轰烈烈，可当事人未必真心幸福。他和胡茵梦那张有名的合影，表演的成分便多于自发的情意。

李敖自称他“思想才情独迈千古”，其实他是个离不开时代的人。他的大部分文章属于时事评论，博得一刻掌声后，也就与时事同亡了。他的史学研究主要也是与蒋家父子斗争的产物。李敖最有深度的作品当属《北京法源寺》，他在监狱里完成了此书的构思，也许只有那里才能让他暂时忘掉时代。他的头脑偏重文学和考证，不喜欢抽象的理论，对历史缺乏系统性的思考。他曾大言不惭反问：“历史有什么哲学？”有记者问起他对尼采的看法，他也不屑地表示后者“思想混乱”。

作为“大收藏家”的李敖在收集和整理史料方面自有一套。他喜欢写翻案文章，好发惊人之论，有些观点的确具有洞见。不过，规规矩矩做学问的人很看不上他，研究民国史的谢泳先生就说过李敖只是有些“歪才”。李敖没有坐冷板凳的耐性，与学术体制也有些过节，因此不时流露出反智主义的情绪。无论中学西学，都被他一通狠批。例如，国学大师钱穆就被李敖视为“思想迂腐”的过气人物；治思想史的学者张灏与李敖师出同门，都是殷海光的学生，也被李敖骂作“专啃洋书的昏蛋”。

李敖生前感慨自己“生不逢时，又生不逢地”。如果他成长在清末民初，也许新文化运动又多一员干将；他的格局和气概确实受到岛上环境的限制，他与整个社会纠缠一生，终未能宁静而致远。我们带着他的偏见去认识世界，还需要将他的偏见再纠正过来。

2018 年 3 月 18 日，李敖在台北驾鹤西去，就像他引用过的谭嗣同诗句——“愿身成骨骨成灰”。两个月后我去台湾旅游，专程跑到他在敦化南路的书房，在门口凭吊了几分钟。想起那些年少时读过的畅快文章，它们的手稿可能就静静地躺在里面。在台大校外的旧书店里，我见到了 20 世纪 60 年代出版的《文星》杂志，封底印着李敖青年时代的头像。我虽然来了，他和他的时代却已经走了。

李敖去世当天，我写了一副挽联追怀他：“嬉笑怒骂，风流尽显，生前谁似我？是非功过，评说不一，身后任由他。”

作为一代才子和文豪，李敖不会被世人很快遗忘，可也不像他生前说的“我死诸君思我狂”。真正难以忘怀他的，可能还是我们这些当年的小读者，因为一切从李敖开始。

（2019 年 3 月 18 日刊于腾讯大家网站）

晚清史的三种写法

今年又是甲午年。早在1912年，中国政府已经采用公历纪年，然而国人并未忘却六十年一甲子的轮回。就像明朝亡于甲申年，三百年后还有人作祭文，想必每隔六十年，甲午也会激起新一轮的历史回响。

上一个甲午是1954年。那个年代的中国人对甲午战争的印象，大多来自老电影《甲午风云》。尽管这部影片的艺术水准近乎一流，片中角色却过于脸谱化，像传统戏剧中的红白脸一样遮蔽了真实的人物面貌。近年拍摄的一些影视剧，如《走向共和》和《甲午大海战》，承继了这一脸谱化的传统，只是古为今用的意图更为明显，甚至闹出“关公战秦琼”式的笑话。

我们今天对那场战争能理解得有多深刻？晚清无疑是20世纪中国史学界研究最多的时期之一。多年以来，我一直以为学者们已经梳理清楚了基本史实，直到几年前，国内一位战史专家告诉我，甲午战败的军事原因至今没有完全搞清楚，我才知道历史的迷雾尚未退去。

出于对晚清史的好奇，我花了不少业余时间，试图读懂当时的人物心路与情节逻辑。对我最有启发性的著作，还不是那些正襟危坐的史学研究，而是三本历史小说——陈舜臣的《大江不流》、唐浩明的《张之洞》和李敖的《北京法源寺》。小说本属西方人所谓“虚构类（fiction）”作品，历史小说因有史实作基础，可谓虚构类中的非虚构类。如果作者细加推测，运笔得当，历史小说能够兼具“存在的真实”与“想象的真实”，将史料留下的空白处填补为一幅完整的时间画卷。如陈舜臣曾言：“历史小说多半不就是作者依据史料的推理和虚构的混血儿吗？”

在这一意义上，《大江不流》可谓一部了解甲午战争的全景式入门读物。1967年，陈舜臣尝试创作历史小说《鸦片战争》，一写就是一千多页。《大江不流》亦是五百页多页的鸿篇巨制，这时作者的笔法已趋于圆熟。作为日籍华人，陈舜臣掌握了中、日、英等几国语言，还学过印度语和波斯语，这使他在多国史料中穿梭自如。国人对甲午战争的记忆历来受制于空间局限，《大江不流》恰好补充了当年日本和朝鲜境内发生的重要情节，使读者了解到敌国的战略思维和小国的生存之道。

陈舜臣出道时以推理小说成名，他的历史小说也类似微观史学，每每于细节处引人思索。如《大江不流》中记述丁汝昌自杀一节：“二月十二日下午，丁汝昌服毒自杀。地点在刘公岛军营中，所用的毒物是鸦片。副司令刘步蟾在他之前自杀。与丁汝昌同时自杀的还有记名总兵张文宣。张文宣是李鸿章的外甥，有名的炮手。副将杨用霖用手枪击穿头部，也自杀而死。”短短一段话，读来惊心动魄。丁汝昌吞服鸦片自杀，似有警示国人的寓意。据徐中约《中国近代史》载，李鸿章有个外甥倒卖军火，中饱私囊；原来他还有个外甥壮烈殉国。

《小说十八史略》是陈舜臣最著名的历史普及读物。他在开篇写道："人，唯其人，一贯追究人，这是自古以来的中国人的史观。"他在书中以"历史切片"的方式，简笔勾勒了中国历代的著名人物，作家唐浩明真正在创作中贯彻了这一史观。在20世纪90年代的中国文坛上，唐浩明以一部《曾国藩》确立了他的历史小说家地位。当年坊间流传着这样两句话："经商要读胡雪岩，从政要读曾国藩。"唐浩明长于从人物角度切入历史，风头直追台湾作家高阳。

除《曾国藩》外，唐浩明还出版过《张之洞》和《杨度》两部长篇小说。曾氏出场太早，杨氏又太晚，都没有赶上甲午前后的风起云涌。只有张之洞作为朝廷重臣亲历甲午，并在其间多次上书，积极奔走。在唐浩明笔下，张之洞兼具传统士子的守成风格和洋务新派的开创精神。生逢李鸿章所谓"三千年未有之变局"，张之洞稳中求变，尝试走出一条继往开来的改良道路。在小说中，他受到朱熹两句诗的启发——"旧学商量加邃密，新知培养转深沉"，遂提出"中体西用"之说，也属于现代化道路上一种可贵的探索。

作为洋务派领袖之一，张之洞与维新派人物过从甚密，并为康有为组织的强学会捐助会费。不过，他毕竟是成长于传统社会的文人，对旧式的精英文化怀着深厚感情。小说中几处浓墨重彩地描写了张之洞同廷臣及弟子的诗酒唱和，士大夫气十足。对于传统社会上流阶层的生活情趣，作者充满了艳羡与追怀之意。唐浩明似乎有意在暗示，甲午战败不仅意味着一个民族的贫弱，也导致了一种文明的衰亡。

皇权时代的中国读书人一直在两轮"朝圣之旅"上奔波起伏。

第一轮科举之路，终点是金榜题名，荣登天子门生；第二轮仕宦之途，终点是入阁拜相，统领天下政事。张之洞是走完这两轮朝圣之旅的最后一个中国人。在他死前四年，科举考试废除了；在他死后两年，清王朝也垮台了。张之洞亲眼目睹成就自己功名的社会制度遭受了灭顶之灾。借助小说，我们可以了解当时人如何看待众多事件，并体会其良苦用心，从而多一份同情或谅解。

唐浩明并非故事大王，他能塑造出血肉丰满的晚清人物，主要靠大量收集和整理史料。小说中以想象填补历史之处，便嫌功力不足。唐浩明写男女情爱尤其失败，似乎更多寄托着作者本人的浪漫情怀。如张之洞的小妾和杨度的娇妻就像是才子佳人小说中的角色，符合古代书生对女性的审美趣味。唯有一位名叫“桑治平”的虚拟人物，还有几分可玩味处。

作家写历史小说，不见得只是迷恋某段故事，或许也为自己解开心结。唐浩明的胞兄唐翼明现任华中师范大学国学院院长，兄弟俩的父亲唐振楚曾做过蒋介石机要秘书。1949 年骨肉离乱，唐氏兄弟被父母留在大陆。唐翼明寄养在伯父家，唐浩明则被一位理发匠领养，两人从此走上不同的人生道路。唐浩明杜撰的桑治平原系肃顺府上西席，在辛酉政变后隐姓埋名，漫游天下，最后当了张之洞的首席谋士。作者在小说中比较张之洞和桑治平的人生轨迹，隐含着对自己和兄长身世际遇的感悟。

陈舜臣和李敖的作品也包含着作者对自身命运的解读。陈舜臣像围棋大师吴清源一样，国籍在中日之间变换反复，于是想要为影响个人命运的时代大潮溯源——那就从甲午写起吧。李敖不仅是历史的观察者，也是历史的参与者。他将自己与蒋介石的关系，比作康有为与慈禧的关系，并借小说人物之口评论道：“你（康有为）的不幸，是你一生都跟这死老太婆（慈禧）密不可分。你同她好像是一块硬币，两人各占一面，她朝天的时候你就朝地，她朝上的时候你就朝下，她走运的时候你就倒霉。你生来就和她完全相反，但又被命运硬铸在一起，难解难分。”

对蒋介石的憎恶多少影响了李敖对晚清保守派的评价。不过，《北京法源寺》却是三本小说中最具文化意蕴和历史深度的。全书从袁崇焕被凌迟处死写起，以康有为等人被掘坟作结，纵贯三百六十年。这部小说的深长意味，还是作者自己概括得最好：“《北京法源寺》以具象的、至今屹立的古庙为纵线，以抽象的、烟消云散的历朝各代的史事人物为横剖，举凡重要的主题：生死、鬼神、僧俗、出入、仕隐、朝野、家国、君臣、忠奸、夷夏、中外、强弱、群己、人我、公私、情理、常变、去留、因果、经济等等，都在论述之列。”

因为入围诺贝尔文学奖，《北京法源寺》当年被炒得沸沸扬扬，此书却是作者在孤寂的监狱中完成构思的。书中描写谭嗣同下狱一段最见功力。谭嗣同“死得其所”之前，在大牢内回顾了短暂的一生。这时，人生的取舍、世相的真假和历史的轮回，都交汇于主人公的脑海中。小说家若想再现谭氏当时所思所想，需要与之相当的胸怀境界。李敖或许做到了这一点：“从三百五十年前的杨继盛，到两百七十年前的左光斗，这个刑部狱、这个头监牢房，也不知关闭了多少川流不息的过客……如今，谭嗣同来了……多少沧桑、多少熟悉、多少生离死别、多少幽情暗恨、多少悲惨与凄凉，一一都浮现他的眼前。”

法国历史学家费弗尔（L.Febvre）曾说，历史其实是根据活人的需要向死人索求答案。如果将晚清史比作一件大案，将相关史料比作全尸，陈舜臣得其皮，唐浩明得其肉，李敖得其骨。无论看到皮相、肉相或骨相，三位作家不见得有高下之别，只不过各有其观察视角。也正为此，三人都将晚清史看作人世间的大悲剧，着重点却有差异。陈强调国家悲剧，唐强调个人悲剧，李则通过国家悲剧升华了个人悲剧。

中国古人喜欢将时间之河比作“滚滚长江东逝水”。陈舜臣的《大江不流》承接这一寓意，意指中国在晚清止步不前，从而被日本痛击。彼时文官自有“秋风宝剑孤臣泪”，武将亦无“万古云霄一羽毛”。在唐浩明的小说尾声，亦文亦武的张之洞临死前发出这样的感叹：“我一生的心血全白费了。”而李敖则从后来的历史观照晚清——19 世纪如一潭死水的老大中国，却在 20 世纪倾泻而出，于一波波革命大潮中获得重生。曾经的先驱者变为落伍者，曾经的革命家被打成反动派。逝者的灵魂不得安息，他们的悲剧仍在延续。

前年冬天，我曾到菜市口一带，寻访康、梁等人的旧居。那一带遍地危房，很快将被规划中的高档社区取代。最近我读到姜鸣的历史笔记《天公无语对枯棋》，作者自 20 世纪 80 年代间断寻访晚清人物的故居，发现也是见一面少一面了。《北京法源寺》本是李敖狱中神游之作，未来的读者若想缅怀故地，恐怕也只有借文字神游了。行文至此，我想到小说中张之洞在江苏焦山定慧寺所作的一副对联，不妨以此结尾吧：

> 眼底江流，尽皆后浪赶前浪，争相推移奔大海；
> 世间人事，总是少年代老年，与时维新为正途。

（2014年10月收于《甲午两甲子：忆与思》一书）

斯人已逝，言犹未尽

当编辑朋友寄来一堆新书，我仅凭标题，先抽出了这本《人之将死》。我对死亡充满了兴趣，对与死亡有关的事也充满了兴趣。战争、谋杀、遗言和墓地，这一切都令我着迷。在我看来，死亡最能迫使人们显露出真实的本性，去回答那些基本的人生哲学问题。

濒死体验像一次奇异旅行

死亡不只属于老年人，任何年龄的人们都面对这一风险。有些人等不及明白死是怎么回事，就已经离开了这个世界。前年，我的一位高中同学突发脑溢血，在饭桌上一头栽倒，两天后便不明就里地去世了。老人们虽然对死亡已不陌生，但很少有精力为之深思并诉诸文字。相较而言，克里斯托福·希钦斯（Christopher Hitchens）是幸运的——他将自己死前的所思所想写成了一本书。

希钦斯是赫赫有名的美国公共知识分子。《外交政策》前几年搞了一次全球公知评选，他位居第五，在哈维尔之后，哈贝马斯之前。其人文风凌厉，咄咄逼人，笔锋所指，包括基辛格等地上名人和耶稣等天上神仙。也只有等得了绝症，这位一直专注于公共事务的斗士才开始关注自身："患了癌症就永远忍不住要以自我为中心，甚至唯我独尊。"像世间很多事物一样，唯有失去才知晓其意义。《人之将死》可以看作死神逼迫希钦斯交出的一篇命题作文。

希钦斯起初对绝症毫无准备。2010年入夏的一天，他在纽约的酒店房间里突然感到胸部剧痛。"我恢复意识的时候，感觉好像被捆在自己的尸体上。我的整个胸腔似乎被彻底掏空，然后注入缓缓硬结的水泥。我能听到自己微弱的呼吸，但无法让肺部充气，心脏不是跳得太强就是太弱。任何动作，无论多细微，都须要事先筹划。"他很快被护送至医院，并以诗意的笔调记下这一切——"从健康人的国度穿越蛮荒的边界，到达病患之地。"

濒死体验在希钦斯看来就像一次通往奇异世界的旅行："新的国度以令人愉快的方式向我敞开。人人都带着鼓励的笑容，而且似乎完全没有种族歧视。那里洋溢着一种广泛的平等精神，管理者显然凭借美德和勤奋取得了今天的成绩。"他随即笔锋一转："然而，这里的幽默有点儿病态和重复，几乎没人谈论性事，菜肴也是我去过所有地方里最差的。这个国度有自己的语言，一种成功做到既枯燥又难懂的混合语，包括像昂丹司琼（Ondansetron）这种抗恶心剂的药名，以及某些令人不安的需要逐渐适应的手势。"

人们常会谈论两极相通的一个例证，即人生的起点和终点有许多相似之处。像婴幼儿一样，绝症患者居住在一个强迫他们社会化的场所，目的也是为了维护生命。无论多么疼痛和厌恶，那里的居民都必须接受药物和手术，而它们往往会带来可怕的副作用。仿佛要提醒人不忘原初，希钦斯发现他那些成年人的特征逐渐消失了。他的嗓音变得短促尖利，像小孩发出的吱吱声，而他的上唇也变得像做过电蚀脱毛那般光滑。通往死亡的历程好似诞生到这个世界上——滑稽、怪异、格格不入。

过了几个月，社会化完成了。希钦斯对病患的国度习以为常，医生也适时地提醒他考虑后事。纵一世风骚，他也不得不接受命运的安排："记住，你也是凡人，终有一死。"《人之将死》的最后一章显得语无伦次，因为那是希钦斯断续记下的只言片语。他临终前想到电影《筋疲力尽》，想到古希腊悲剧，想到《纽约客》讣闻版的漫画，也想到索尔·贝娄（Saul Bellow）的话："如果你想看见东西，死亡是镜子必需的黑色衬背。"

这就是一位作家死前的自我写照。希钦斯于 2011 年 12 月 15 日在美国休斯敦逝世，享年 62 岁。

无神论者的生死观

唐人杜牧诗云："公道世间唯白发，贵人头上不曾饶。"今天孙燕姿唱的流行歌曲也表达了相近的意思："谁比谁好，能差到多少；迟早都要，向上帝报到。"死亡实属必然，可人们更关心其中的偶然性。对于"为什么偏偏是我得了癌症"的问题，科学的解答有其限度，因为它只关注基于总体的一般规律。现代哲学深奥难懂，也不令人满意。无论上帝安排或转世轮回，只有传统宗教为个体死亡的偶然性提供了普遍适用的答案。

在美国留学的最后一年，我租住了华盛顿郊区一间公寓。房东是位 102 岁的白人老太太。她这个年纪的人，每年有五成以上的概率离开人世。不过，作为一名虔诚的基督徒，老太太看上去很是淡定，因为死亡对她来说只是服从上帝的召唤罢了。这里我不打算争辩是否存在天堂之类的神学话题，只想强调宗教信仰对于我们如何看待死亡具有重大影响。

当然，世界各地的人们并不向同一个上帝报到，还有人根本不向任何上帝报到。后者不能依靠宗教得到安慰和解脱，希钦斯就是其中之一，而且是其中最有名的人之一。在无信仰者（nonbeliever）的群体中，他与英国学者道金斯（Richard Dawkins）齐名，曾写下《上帝并不伟大》（God is not great）、《无神论者的口袋书》（The Portable Atheist）等专著。在教众们看来，他是个没救的人，至死都在和上帝对着干。他在书中写道："就算嗓音先我而去，我也将继续用笔和宗教妄想辩论。"

在希钦斯看来，他并不需要宗教的慰藉，因为死亡的偶然性是不成问题的。生命就像一杯逐渐蒸发的水："在正常的人生中，你发现每过去一天都意味着减掉的越来越多，剩下的越来越少。这样的趋势残酷无情，不可逆转。"既然不可逆转，你就没有选择，只有视其为理所当然。希钦斯认为偶然性问题的提出就很荒谬——"对于'为什么是我'这个蠢问题，宇宙几乎懒得给出那个回答：为什么不呢？"尽管他在死前尝试过多种疗法，每一种或多或少都有治愈他的可能性，关于偶然性的话题还是被他轻蔑地回避了。

也许，像希钦斯这样的无神论者更看重死亡的必然性。他自认为战胜了上帝，却不得不承认自己败倒在死神脚下："任何所谓病后康复，其实都只是一个存活期的问题，你所谓的战胜癌症，也许不过是十年后死在别的病上，因为最后胜利的那个一定是死亡。"另一位无神论者，悲剧哲学家叔本华也说过类似的话："到了最后必然还是死亡战胜，因为我们的诞生就已把我们注定在死亡的掌心中了。"

然而，无神论者对死亡的解读却大异其趣，这种差异源于他们看待生命的态度和角度。在叔本华眼中，人的生命就是一种苦役。既然如此，我们至少应当怀疑活着是否好过死去。根据他的生命体悟，只有死亡才是终结生存痛苦的安慰剂。他甚至蛮有把握地替逝者作答："假如我们叩问坟墓的死者是否愿意重新做人，他们将会摇头拒绝。"显然，叔本华做出了错误的全称判断，他将自己的负面情感强加到大多数人类成员身上了。

在《人之将死》的结尾处，希钦斯摘录了小说《爱因斯坦的梦》的片断，强调永生不死的代价就是我们生活在前人的阴影下，因为他们也不会死去，因而没有人是自由独立的。这算是肯定死亡的一个理由。类似的，我们可以说死亡的意义在于逝者为生者腾出空间，否则地球上早就挤满了人。这种从人际关系角度理解死亡的观点不乏趣味，但我依然觉得，只有像叔本华那样，从个体生命性质去体察死亡，才能发现真正触及灵魂的哲理。

死亡为何总会留有遗憾?

希钦斯是个宁鸣而死、不默而生的人，他的生命是服务于公共辩论的。在得知患癌到去世之间的一年半期间，希钦斯笔耕不辍，写出大量政论文章和文化批评。对一个作家，这似乎是最好的死法，也是最崇高的死法。舆论为此而感佩，读者为此而涕泣。英国作家麦克尤恩（Ian McEwan）这样评价希钦斯："他是最完美的作家……他燃烧自己，'闪烁着宝石般灿烂而刚硬的光华'。直到最后。"

希钦斯自己也表达了为事业死而后已的信念。他病倒后反而觉得"辩论和讲座像空气一样成为我生命的必需"，"写作不仅是我的生活和生计，也是我的生命"。即使肉身尚存，停笔也意味一个作家的精神死亡，希钦斯难以接受。这让我想起爱因斯坦。在这位大科学家的晚年，生命的意义对他来说只在于能否研究物理学。这种人似乎只知一种活法，也只求一种死法。死亡对他们并非自然的人生尽头，只是打断了奋斗不休的努力而已。

然而，这种活法让希钦斯永远不可能获得生命的满足感。他在死前自称被一种徒劳感深深地折磨着。"我给自己的下一个十年制订了切实的计划，感觉自己已经足够努力挣到这十年。我真的看不到孩子们结婚么？看不到世贸中心再次拔地而起？读不到亨利·基辛格（Henry Kissinger）和约瑟夫·拉辛格（Joseph Ratzinger）这些老家伙的讣闻，即便那不是我亲自撰写的？"他不得不放弃不可能完成的任务，那就是以有限的生命去追求无限。

在《人之将死》的后记中，希钦斯的妻子回忆了丈夫最后的日子："他告诉我，他等不及（出院后）补看错过的所有电影，看休斯敦举办的埃及法老图坦卡门展览。终点突如其来。”无论希钦斯的名声多么显赫，他的死依然和一个普通的现代人一样，留下一大堆没有实现的遗愿。我们可以想象，即便他晚死十年，依然如此。这在根本上是因为，我们的时代被进步观念主导着的，发展仿佛永远没有尽头。一个人无论何时死去，总可以期待更多。

德国社会学家韦伯（Max Weber）早在20世纪初就发现了现代社会的这一特征：“文明人的个人生活已被嵌入‘进步’和无限之中，就这种生活内在固有的意义而言，它不可能有个终结，因为在进步征途上的文明人，总是有更进一步的可能。无论是谁，至死也不会登上巅峰，因为巅峰是处在无限之中。”传统社会却并非如此，一代代人周而复始地重复着祖先的生活。某人如果活得足够长，便会经历他所能经历的一切，从而不留遗憾地平静死去。

从这个意义上说，我们的生命不仅永远得不到救赎，而且被无限进步稀释得鲜有意义。这恐怕是我们为现代生活必须付出的代价之一。或许我们可以采取美国哲学家诺齐克的立场，他认为生命不必完美，因为完美也是一种不完美。这条听上去像诡辩的理由并不有力，因为未来已给我们期许太多，以至于我们拥有的一切都显得微不足道。

孔子说：“不知生，焉知死。”相较而言，我更欣赏苏格拉底的求知态度：“哲学就是为死亡做准备。”除了宗教学说以外，是否还存在其他偶然性问题的答案？现代人在享受发达科技的同时，能否在死前进入圆满自足的境界？希钦斯斯人已逝，活着的人还可以思考这些问题。

（2014 年 9 月刊于《财新周刊》）

鲍威尔的治道与治术

我在美国首都华盛顿生活过五年，其间听过各界名人演讲。相较而言，我不大喜欢政要讲话，因为他们的演讲内容总是重复。一日无事，我跑到某智库参与一项青年活动，美国前任国务卿鲍威尔（Colin Powell）将在此作主题发言。我想他行伍出身，谈话必定中规中矩。谁想这位老将军一张口，就谈起油管（Youtube）和网络曝光，马上吸引了台下的年轻听众。

其实，鲍威尔与时俱进，深谙信息时代的管理技术。在新著《我赢定了》一书中，他专设一章讨论“快节奏信息时代的领导力”。担任国务卿期间，他要求国务院官方网站抢在其他媒体之前发布有关外交资讯。这位前四星上将斗志昂扬地写道：“我们也许不能总是打败维基百科或谷歌，但我们不妨尝试去打败他们。”

尽管为了振奋士气，鲍威尔有时会唱唱高调，但这位领袖的工作作风可谓谦虚谨慎，勤奋务实，不骄不躁。《我赢定了》的英文书名直译应为“这招对我管用（It worked for me）”，意即仅供读者参考——你们学来不灵，可别怪我。作者在书中解读了他的十三条成功法则，其中像“有志者事竟成”之类的格言人尽皆知，鲍威尔却有着自己的理解：“这句话也不能绝对化，只能作为一种态度。……最重要的是你要有努力就能办成事的态度。”他少年时读书成绩不是很好，但总是竭尽全力完成自己的任务。对于有人总结的“鲍氏兵法”，他认为其核心在于“运用一切必要手段获得决定性的胜利”。

鲍威尔成长在种族主义盛行的年代，后来成为第一位黑人国务卿。他始终保持着不卑不亢的平和心态，这一点难能可贵。他一方面不怨天尤人，将自己只看作“黑肤色”的美国战士，而不是美国的“黑人”战士——“让别人去操心种族问题吧，我可不想陷在这里。”另一方面，他也不骄傲自满，以为自己无所不能。当投资银行请鲍威尔出任高层经理，他十分清楚自己的“使用价值”，知道那些人“不过想让我去做迎宾和司仪”，于是拒绝了金融界的高薪职位。有人提议他参选总统，他反思之后即认定自己“不是搞政治的料”。颇有自知之明的鲍威尔提醒公众人物：“永远记住名声是公众给予的，要将名声带来的影响力用于有价值的目标上，而不要自我膨胀。”

早在1973年，作为年轻武官的鲍威尔即跟随“白宫顾问团”访问中国，他似乎非常熟悉中国提倡的价值观。比如，他的有些观点同雷锋精神高度一致：“不管你从事的是什么工作，你都是在为人民服务。无论是在政府、军队、工商界或者其他部门工作都一样，都要无私奉献，不能追求一己私利。”在中文版序言结尾处，他还活学活用毛主席语录：“从这本书中我想表达的信念就是：生活和领导的艺术就在于全心全意为人民服务。”

鲍威尔在书中强调：“评价一个人不是看他职位有多高，官衔有多大，主要是看他对集体做出了多大的贡献。”笔者当然承认这一点。不过同样敬业称职，位高权重者更有可能做出较大贡献吧。我们就来看看鲍威尔如何当好美国领导人。在他看来，伟大的领袖人物具有如下能力：确立目标、解决问题和关注外部环境。确立目标不同于设立目标，前者要求从上到下培养使命感，使每位员工了解其工作之于整体任务的意义。对于达到目标过程中的种种困难，鲍威尔坚称“做领导就是要解决问题，否则这领导就做到头儿了”。用中国俗话说，没有金刚钻，就别揽这瓷器活儿。除了确立目标和解决问题，高层领导还须放眼四周，看看其他机构都在忙些什么，这样才能使组织的发展趋势与整个社会的前进方向保持一致。

在《我赢定了》一书中，鲍威尔讲了很多领导工作中的小故事，他的“治术”比“治道”更吸引我。他虽平易近人，却吸取《伊索寓言》中的教训“太过熟悉，滋生轻蔑”，同下属始终保持着一定距离。他为人正直坦率，有时也表现出外交家的圆滑，比如挑选能干的副手唱黑脸，自己唱红脸。为了提升“信息时代的领导力”，他大力推动美国使领馆网络系统升级，每到一处便要查看电子邮件，以检测连接速度和运行状况。像清宫戏中的乾隆爷一样，鲍威尔还喜欢微服私访，向基层群众了解情况。当然，他那张富有官威的脸庞常常是最显眼的名片。

作为美国外交界的头号人物，鲍威尔每天会收到大量情报，对这些信息的筛选、判断和查证，成为他的主要工作之一。为保证情报可靠有效，鲍威尔为下属制定了四条规则：“告诉我你知道的；告诉我你不知道的；然后告诉我你是怎么想的；务必将想法与事实区分开来。”他在担任里根政府的官员时，大概也是依照这些原则向总统汇报的。里根曾赠给鲍威尔一张签名照，上面写着："科林（鲍威尔的名字），只要是你的看法，我会认为是对的。"

行事小心、出言谨慎的鲍威尔，却在十年前的伊拉克战争期间栽了个大跟头。这位将军并非好战分子，他相信"一切炫耀武力的手段都不如含而不发更具威力"。这正体现了孙子"不战而屈人之兵"的军事思想。然而，2003 年 2 月 5 日，他却在联合国指责伊拉克存在大规模杀伤性武器，为布什政府的"先发制人"战略作了强力辩护。事后他才得知，副总统切尼的下属编写了他演讲引用的材料，并得出毫无根据的结论。那些材料更像律师诉状，而非情报评估报告。

联合国演讲事件可谓鲍威尔从政生涯中最大的污点，他自称那天令他"像生日一样铭记"。鲍威尔在书中花了相当篇幅为自己辩解。他批评当时的国防部长拉姆斯菲尔德和驻伊大使布雷默自行其是，解散了伊拉克的军队和国家机构，致使战后乱局持续多年。他对自己背上这口黑锅感到愤愤不平。国会议员们声称因他的演讲而投票赞成发动战争，其实早在三月前他们已经通过了有关决议。一些情报官员也将责任推给国务卿，鲍威尔则对这帮家伙发出了强烈质问。

对于西方近年出现的政治经济危机，人们多从制度背景进行分析，而忽视了领袖品质的重要作用。鲍威尔坚信领袖必须具备民主素质，抱着为民众服务的高尚精神，否则华盛顿会充满美剧《纸牌屋》中的那些弄权小人。他在此书结尾处引用了前海军上将李高佛的话："光有机构无法完成任务，光有计划和大纲也无法完成任务，真正能完成任务的是人。机构、计划和大纲的好坏只能促进或阻碍人们完成任务的进程。”

鲍威尔在伊战后辞去国务卿职务，他像一头受伤的狮子，需要抚平创口。他本人难辞其咎，自己也承认错误：“当时的确丧失了以往敏锐的直觉。”他对失败进行了反思，吸取教训，继续前行。当我在华府见到这位老将军，他显得自信豪迈，风趣健谈。

鲍威尔是来自牙买加的二代移民，他从底层奋斗到顶层，成为新时代“美国梦”的象征人物。读毕此书，我在日记本上抄下了他的一句警语：“不要在意你从哪里起步，一定要看你会在哪里止步。”

（2013 年 5 月 9 日刊于《纽约时报》中文网）

非同凡响，有理可循

两年前的一天，美国国会就科技人才问题举行专场听证会。台上十几位众议员提问，台下只比尔·盖茨（Bill Gates）一人作答。我当时也跑去旁听，座位正对着盖茨的后背。望着他那普普通通的后脑勺，我一个劲琢磨：“凭什么这家伙这么富，我这么穷？”

比尔·盖茨的成功奥秘

恐怕世界上每个人见到盖茨，都会不由自主地思考这个问题。美国作家格拉德维尔（Malcolm Gladwell）的新作 *Outliers* 就致力解释普通老百姓和盖茨这类人之间的巨大差异。“格拉德维尔”意译为“高兴好”，我们不妨入乡随俗，称他“郝高兴”先生。如题所示，郝高兴把那些发了大财，出了大名的成功人士叫作“Outlier”。这是个统计学词汇，中文译作野点、偏值、离群值或超常值。中信出版社的译本题名“异类”，殊觉不妥。异类在中文里的同义词是“怪物”，有扮相或做派偏离社会规范的含义。Outliers 则是一群得到大众认可的赢家，因此书名译作《非同凡响》较好。

有位经济学家说过：“人们一思考为什么有些国家富，有些国家穷，就停不下来。”人与人之间的巨大差异同样是经久不息的讨论话题。那些高居塔顶，叮当作响的人物吸引着大众过多的目光，部分原因在于我们都想从他们的言行中探知成功的秘密。可这些非同凡响者自己也未必清楚如何获得上天眷顾。钢铁大王卡内基生前曾这样鼓励一位年轻人：“只要不断努力，就一定会取得成功！”如果你觉得这话豪气干云，只说明你还没有听够那些百折不挠，却一事无成的故事。

《非同凡响》上半部力图改变人们的陈见，即那些大人物仅仅依靠他们的才学和品德取得成功。郝高兴并不否认真才实学的重要性，但他强调高强的本领也要靠外在的机缘才能造就。比尔·盖茨当然具备必要的优秀品质，如聪慧、坚毅、果敢和勤奋，可这样的企业家在美国远非一人，为何偏偏他爬上了福布斯排行榜首位？读者若是了解点技术史，就知道 1975 年 1 月是硅谷最重要的时刻。当月 8800 型个人电脑诞生了，成为《大众电子》杂志（*Popular Electronics*）的封面故事。不少人都看出电脑市场蕴含的巨大商机，可谁会先下海呢？如果你年纪够大，很可能已经在 IBM 之类的老牌公司谋到职位，自己再去创业，机会成本过高；如果你年纪太小，恐怕还没有掌握必要的 IT 技能。因此，你的年纪必须恰到好处，才能显出英雄本色。盖茨生于 1955 年，那时还不到二十岁。此人既懂编写软件，又是初生牛犊，他不久就从哈佛肄业，抓住了黄金商机。同样靠微软挤进福布斯排行榜的富人们，只比盖茨大一点或小一点。保罗·艾伦（Paul Allen）生于 1953 年，他在高中电脑房里就认识盖茨；斯蒂夫·鲍尔默（Steve Ballmer）生于 1956 年，得以在哈佛结识盖茨。再举两个例子：苹果电脑的创始人乔布斯（Steve Jobs）生于1955年，谷歌现任CEO施密特（Eric Emerson Schmidt）也生于这一幸运年份。看来，盖茨那么富我那么穷，很大程度取决于我俩出生的时间地点。人家赶上了IT革命，我只赶上看他的后脑勺。

郝高兴是讲故事的高手，他的作品文采斐然，笔下生风。《非同凡响》继承了他前两部畅销书《眨眼之间》（*Blink*）和《转折点》（*Tipping Point*）的叙事风格，成功者的案例被铺陈得像一篇篇探案小说。加拿大的冰球手多出生在冬季，因为他们比同龄人晚入学，较具体格优势；披头士在英美大红大紫，原来早年混迹于汉堡脱衣舞酒吧，借小舞台磨炼出了一身技艺；犹太律师弗洛姆受主流律所排挤，不得不接“敌意收购”这类脏活，却在20世纪70年代的并购大潮中一举发家。天时，地利，人和；时也，运也，命也。你总以为自己修炼不够，其实还未将大局看透。

亚裔优秀源自稻米?

《非同凡响》上半部的几个段子讲得都很精彩，可读者若以为郝高兴只想做个“故事大王”，那就大错特错了。作为具有社会关怀的知识分子，郝高兴醉翁之意不在酒，而在于参与政策讨论。下半部一开首，他就引述美国肯塔基州一个小镇上报复成风的例子，说明复仇乃民风使然，民风乃文化使然，文化则长期稳定，几百年都不会大变。读者也许觉得这个例子不够显著，那么我换个大号的——美国人民生性好斗。早期定居美国的欧洲人大多来自英格兰和苏格兰交界地区。此地战事频繁，盗匪出没，武力是解决问题的主要手段。这一切迫使当地人养成了彪悍勇武的民风，并把这种风气带到新英格兰地区，同印第安人的持续战斗又强化了这一作风。合众国独立后，这种好斗文化也体现在外交领域，这就是为什么美国在历史上军功赫赫，在今天依然咄咄逼人。虽然来自其他国家的移民陆续迁往美国，但早期的定居者已经为后来人定下了好斗文化的基调。

郝高兴接着分析了韩国飞行公司的事故成因。他娓娓道来，循循善诱，表明主因既不在机械故障，也不在操作失误，而在于文化习惯引起的交流障碍。行文至此，作者终于可以抛出他最关心的问题了——亚裔在美国为什么表现优秀？经过前述章节的思维引导，读者几乎会脱口而出：“因为文化！”果然，在这章第三页，我们熟悉的历史学家彭慕兰（Kenneth Pomeranz）出场了：“对于种植水稻来说，不仅仅是需要很多的人力，而且还是件很吃力的工作，细微的差别就会造成产量上很大的差异。”稻米经济培养了多劳多得的文化态度，这种态度又塑造了重视教育、推迟享受的价值观。即便移居美国的亚裔不再种植稻米，他们仍然保留了这些价值观念，其成就超过祖上不种稻米的其他族裔，也就不足为奇了。

郝高兴的“稻米文化论”乍听上去有点道理，也给后进族群带来了希望。如果亚裔的优秀表现源于外在的文化，而非内在的资质，这就意味着外人也可以竞效。不过，郝高兴在这里陷入了自相矛盾的困境：为了强调文化因素的重要性，他必须论证文化长期稳定；可如果这样，人们又怎么可能在短时间内移风易俗，效仿更优秀的文化？此外，作者在脚注里指出，他的理论不能解释中国北方的文化表现，因为那里的人种植小麦或高粱。从时间上来看，南方人种稻米也有几千年了，为什么早先不开化，以至于被北方人称作“南蛮”？从地理上来看，欧洲人种植大麦也久，而与稻米也无缘，新教伦理又打哪出来？越南人种稻米的历史可能不比中国人短，我们也没听说前者在硅谷像后者那样混出名堂，反倒是移居东南亚的华人取得了远超过当地人的经济成就。

天赋文化，各得其所

我们恐怕还要从文化制度，而不是生产方式中，去寻求文化现象的解释。在讨论东亚文化源流的章节中，郝高兴居然没有提及著名的科举考试制度，足见他对中国历史的了解何其肤浅。当代学者大都承认，犹太人的文化普及程度与该民族重视阅读《旧约》密切相关。这一教规最初并非出于广施教育的目的，客观上却具有提高识字率的功能。工业化社会来临，犹太人借此得以在短期内大规模转入城市技术行业。如果说犹太人是“一本书的民族”（People of the Book），中国人则是“几本书的民族”。旧时士人不仅需要背诵儒家经典，而且熟读诸子百家。“万般皆下品，唯有读书高”，科举制度将读书人的社会地位抬到了社会金字塔的最顶层。正因为读书具有如此巨大的好处，民间对教育的重视才会达到了“珍惜字纸”的程度。专治科举史的学者沈登苗发现，清代科举成绩显著的地区与今天经济百强县的地理分布大致相同。江南遍植稻米，贫富仍有差异，可见文化资本是比作物经济更具说服力的解释。

具体到亚裔美国人的优秀表现，我们当然不能否定文化传承的功用，不过更主要的因素却在于人口结构。专栏作家薛涌在他的近著《一岁就上常青藤》中提道："到美国的中国人总体上是被挑选过的，素质比一般人口的素质高得多。"我在许多问题上反对薛涌的自由派观点，但这个问题他很可能说对了。移民研究中有一条规律：地理距离越远，选择作用越强。这就好比飞机托运的商品一般要比火车拉运的货物价值更高。受早年的移民歧视法案所限，亚裔人口在 20 世纪 60 年代以前只有少量人口移居美国，后来的移民群体主要靠留学生和技术工人带动。80 年代后进入美国的中印移民中，约有一半具有本科学历，远高于偷渡边境的墨西哥人。亚裔美国人既不同于普通美国人，也不同于普通亚洲人，而是强选择机制下产生的特殊群体。郝高兴忽视了这种选择性偏差，跑到亚裔移民的故乡找文化原因，只能是缘木求鱼了。

一位美国朋友对我讲："《非同凡响》是写给那些受过教育的美国自由派的。"这类人一般相信进化论，却不相信生物学。郝高兴在书中写道，智力当然重要，可人们越是仔细研究，就发现智力在成功中起的作用越小。这位作家一定对新近的智力研究做了符合其口味的选择性阅读。自从《钟形曲线》开启了关于智商分化社会阶层的讨论之后，争议两方还没有分出高下。我们至少可以肯定一点，那就是智力在创新型社会所起的作用越来越大了。受其自由派立场的限制，郝高兴绝不愿意承认这一事实，即亚裔美国人是经过筛选的高智商群体。因为其政策含义在于，亚裔的成就不可仿效，美国政府不应该花费税金改变其他群体的价值观念。

先天和后天因素共同决定着每个人的成就高低。文化解释应当与天赋学说携手，指出这两种因素的重要程度和互动机制。“任何人在完美环境下都能成为天才”，这种观点就像“天才在任何条件下都会脱颖而出”一样荒谬。基于当前社会科学的进展程度，人类还不可能精确地观察每一种内因和外因对个体成就所起的作用。有鉴于此，我对读者的忠告如下：其来有自，天地成全；尽你最大努力，剩下的就听凭运气吧。

（2009 年 8 月刊于《文化纵横》）

在理性的世界唤回情感

在华盛顿一次新书发布会上，我第一次见到布鲁克斯（David Brooks）。那时他已不再年轻，显出几分老相。可待他张口发言，那富有磁性的嗓音立刻吸引了全场听众——尤其是女性听众。作为《纽约时报》的专栏作家，布鲁克斯嘴皮子顺溜，笔头子更犀利，擅长在有限的篇幅内点明时局。

像有时参加长跑比赛的短跑选手一样，布鲁克斯也不时推出长篇巨作。他之前的《布波族》（*Bobos in Paradise*）一书分析了美国新贵阶层，而新近出版的《社会动物》（*The Social Animal*）旨在探究“爱、性格和成就的潜在根源”。此书虚构了一对美国夫妇哈罗德和埃丽卡，以两人的生活史作为贯穿全书的主线。哈罗德出身于白人精英家庭，埃丽卡则具有中国和拉美裔血统。两人并没有过人的容貌和天赋，却都凭借良好的个性和决断力拥有了成功的人生。

在中国规模较大的书店中，“成功学”一类的书籍常常摆满一架，《社会动物》又有何新意？布鲁克斯称此书强调“非认知性技能”，可以用我们熟悉的“情商”来测度。在作者看来，“影响人们活动最主要的因素并不是意识层面的思维，而是潜意识层面的思维”。为了论证这点，布鲁克斯引用了大量当代的神经学和心理学研究，让这本书读起来像是弗洛伊德理论和现代神经科学的大串烧。

在作者看来，理性建立在情感的基础上，需要依靠情感才能发挥作用。这是因为情感决定着我们的价值取向，而给定价值后才有可能进行理性分析。一些情感功能缺失的患者几乎无法作出任何取舍，尽管他们具备健全的思维能力。即使在理性至关重要的道德领域，人们的正义行为也多出于情感而非理性。在最近一篇专栏文章中，布鲁克斯令人信服地指出，《蝙蝠侠》首映式上的凶案枪手并非像大众想象的那样失去理智；相反，这类人冷静得可怕，已经不会对他人的痛苦产生适当的情绪反应。

因此，很多问题的症结并不在理智，而在于情感。人们常说性格决定命运，《社会动物》则强调情感左右人生。1994 年，美国学者穆雷（Charles Murray）推出饱受争议的《钟形曲线》。该书发现美国社会的阶层分化中，智力因素的重要性日渐增强。布鲁克斯对此论显然不以为然。在他看来，在学校外的社会环境里，智商不起多少作用。就人生成功而论，情商的重要性远较智商为大。

江山易改，本性难移。“性格决定命运”听上去多少有点宿命论的味道，《社会动物》则持有改天换地的乐观基调——因为作者不仅相信情感左右人生，而且自认为发现了塑造情感的若干规律。论及幼儿成长，他指出一个人在家庭中越感到安全，就越有可能去探索新事物；反之，生于险恶人际网中的孩子会变得内向孤僻或充满侵略性。自然环境也会对情感产生强烈作用：“住在高纬度地区的人们看不到足够明亮的阳光，他们罹患忧郁症的可能性比住在低纬度地区的人们高得多。”结论显而易见——我们应当促进家庭稳定，并尽可能搬到日照充分的房屋居住。

《社会动物》一书不乏洞见和妙语。如谈到国际关系时，作者一语道明：“国家之间的冲突并不仅仅是因为领土、财富和利益问题，许多时候都是为了迫使对方用本国的眼光来看待世界。”又如描述总统选战时，作者揶揄地打了个比方：“全体选民似乎都拥有一个隐秘的 G 点，顾问们就像是试图触摸到它的笨手笨脚的情人。”然而，纵观全书，我不由想起宋太宗评价大臣吕端的话：“小事糊涂，大事不糊涂。”《社会动物》正好相反——小处很清晰，大处不明朗。

布鲁克斯的潜意识觉察到了情感的重要性，然而他未能系统地将潜意识表达出来。他急于将众多素材塞入自己的理论框架中，结果搞得局部出彩，整体模糊。面对众多观点和发现，作者有意无意地偏向了他一贯坚守的保守主义价值观。这一价值倾向令此书少了一点知性的乐趣，多了几分说教的味道。例如，布鲁克斯强调交友抱团的能力，这种能力使人们更容易融入某一团体，由此产生的归属感不仅提升个体的幸福感，也促使人们遵守这一团体的行为规范。他在书中却没有谈到，一定程度的疏离感也可能具有正面意义。美国学者佛罗里达（Richard Florida）发现，新兴的“创意阶层”更喜欢住在“半匿名”的社区里，这样既不缺乏社交性，也能保持独立性，摆脱群体压力对创作的干扰。

布鲁克斯似乎也没有深入思考情感与成就之间的复杂关系。他所描画的成功景象主要是美国中产阶级向往的上流社会，这些人将“获得外部认可”看得比“活出你自己”重要得多。书中的女主人公埃丽卡最后进入白宫工作，活跃于达沃斯论坛，再清楚不过地表明作者对“成功人生”的定义。如果我们放大视界，在历史的夜空上追寻那些伟人留下的点点星光，就会发现他们中很多人的世俗生活何其不幸，而这些不幸恰恰帮助他们实现了自己的雄心壮志。举例来说，《社会动物》将孤独看作负面情感，称孤独者容易怨天尤人；可爱因斯坦、贝多芬和奥威尔等人均表现出自闭症特征，他们常常享受着独自创作的乐趣。

作为关心天下大势的时评家，布鲁克斯当然不会止于撰写一本“人生指南”，他还力主将情感因素引入政策讨论。他认为经济学鼻祖亚当·斯密的《国富论》建立在《道理情操论》的理论基础上，而今日的华府策士们只晓得前者。政治家们一边重新分配着经济资源，一边侵蚀着健康的社会关系。然而，布鲁克斯的政策主张乏善可陈，无非重复了《美国大城市的生与死》或《独自打保龄球》之类经典著作的核心思想。

布鲁克斯在书末以高瞻远瞩的口气预言道：“这个时代以经济建设为中心，而下一个时代将以社会和谐为中心。”这让中国读者不由得想起那些耳熟能详的政策口号。尽管《社会动物》的写作横跨自然科学、社会科学和人文学科，属于一次有意义的尝试，作者对潜意识的过分迷恋仍然削弱了此书的智识冲击力。布鲁克斯也许没有充分认识到，理性的深度更有助于我们了解情感的力量。

（2012 年 9 月 10 日刊于《纽约时报》中文网）

安·兰德是思想家中的荡妇吗?

2017年2月底,《上海书评》刊发了香港作家林行止的文章《特朗普内阁均为兰德信徒》。林行止先生在主题之外,还点到美国思想家安·兰德(Ayn Rand)的风流韵事:“这本小书(《自私的美德》)由她(兰德)和她的‘上床弟子’弥敦·布兰登合撰。布兰登与乃师从‘入室’到‘上床’,令其妻芭芭拉下堂;后来,芭芭拉将这段灵肉交缠的‘欲史’写成《兰德的激情》,1999年拍成同名三级电影。”读者也许听说过德国哲人海德格尔和阿伦特之间的师生恋,以及法国作家萨特和波伏娃的多角爱恋,两者都不如兰德师徒的情色故事耸人听闻。

死后曝光的不伦之恋

安·兰德原名阿丽莎·罗森鲍姆(Alissa Rosenbaum),1905年出生于俄国圣彼得堡,曾就读于彼得格勒大学。由于家庭受到苏联政府迫害,她年轻时就移民美国。兰德善于通过戏剧和小说表达自己的思想,晚年也写过评论文章和哲学论著,成为20世纪自由放任主义的代表人物之一。

2009年,美国作家海勒(Anne Heller)出版了《安·兰德和她创造的世界》(*Ayn Rand and the World She Made*),中译

本也由启蒙编译所于 2016 年推出。海勒主要根据访谈资料和俄国档案写成此书，这部研究性质的兰德传记较为客观和全面地反映了传主的生平。主要依据这本传记，我将兰德的罗曼史简述如下。

兰德一生有过三段恋情。上大学期间，她有了第一个恋爱对象列夫（Lev Bekkerman）。列夫长得英俊帅气，政治理念也与兰德相投，让她一见倾心。兰德五十五岁时回忆说："我第一次见到他时，被他的英俊吓了一跳。……他让我最喜欢的品质是傲慢。"可是，列夫并不喜欢主动强势的女性，几周后他就不再与兰德约会了。移民美国后，兰德一度混迹好莱坞担任编剧，其间她结识了自己的终身伴侣奥康纳（Frank O' Connor）。奥康纳也是位美男子，他参演过几部美国影片。兰德第一次见到他的罗马士兵扮相，便决定追求他。两人三观一致，谈了两年多就登记结婚了。

兰德与奥康纳的婚姻堪称恩爱，两人相依为伴，走过一生。时至 1949 年，兰德已是美国文坛颇有名气的作家。某日她收到一封读者来信，写信人是纳撒·布兰登（Nathaniel Branden，Nathaniel 在香港译为弥敦），一个年方十九的迷惘青年。纳撒对兰德崇拜有加，自称将兰德的小说《源泉》读了四十遍，能背诵其中很多段落。女作家被粉丝的热诚打动了，她邀请这位年轻读者到加州家中做客。两人由此相识，头回见面就畅谈了九个半小时。第二年，纳撒又将女友芭芭拉（Barbara Branden）介绍给兰德，两人一起拜她为精神导师。

兰德与纳撒认识后就开始频繁通话，有时一聊就是几个小时，芭芭拉和奥康纳偶尔觉得他们在调情。1951 年春，纳撒和芭芭拉因求学来到纽约，兰德夫妇也于当年秋天迁居曼哈顿。据一位好友推测，兰德迁居纽约只是为了接近“那两个孩子”。纳撒和芭芭拉于 1953 年 1 月结婚，兰德夫妇出席了他们的婚礼，并担任了伴娘和伴郎。以纽约的住所为据点，她身边形成了一个信奉自己思想的小圈子。每周六晚上，作为“教主”的兰德会召见一干弟子，为他们面授教义。纳撒是当仁不让的大师兄，他与老师的关系变得亲密，渐渐超越了师生关系。

1954 年秋，兰德夫妇带着纳撒夫妇前往加拿大旅行。回家路上，兰德与纳撒低声细语，让芭芭拉有所察觉，并向丈夫大声抱怨。纳撒否认他与兰德有任何私情。回到纽约不久，兰德就约纳撒一诉衷肠，纳撒也因精神导师向自己表白而自鸣得意。两人随后向奥康纳和芭芭拉公开恋情，并表示不会影响到他们对各自伴侣的感情。两对夫妇达成了君子协议：兰德一周可与纳撒会面两次，以此维持着脆弱的情感平衡。

1955 年初，兰德和纳撒开始了同居生活。纳撒后来谈道，他成了兰德理想的“情妇”，温顺的奥康纳则是理想的“妻子”。可是，纳撒心中感到不安，既为他扮演的角色，也为他身处的四角关系。兰德对情人的要求也让他感到压抑。尽管如此，畏于教主权威，他还是选择了隐忍，并投入到推广兰德学说的工作之中。这项工作为纳撒带来了丰厚的收益，他也乐于以兰德代言人的形象自居。可在私人生活中，他自称患有间歇性的性欲不振，这让兰德很不高兴，她有段时间还染上了抑郁症。两人的性爱关系在 20 世纪 50 年代末便终止了，保持着一种柏拉图式的精神恋爱。

1963 年，兰德提出与纳撒恢复情人关系。为了避免关系紧张，也害怕失去地位，纳撒只得答应，两对夫妇先后搬入了同一座公寓。这年年底，纳撒爱上了时装模特帕翠亚（Patricia Gullison）。帕翠亚充满了年轻女性的活力，她和丈夫都是客观主义班上的学生。她借婚姻问题找纳撒咨询，并表露了对他的钦佩之意，两人很快发生了恋情。纳撒爱美人，也爱江山，他不得不瞒着兰德偷欢。

然而，纸里包不住火。1965 年，芭芭拉首先发现了老公的外遇，两人感情破裂，准备离婚。不明真相的兰德还对纳撒说："亲爱的，也许我们现在有机会重新恋爱了。"纳撒找了些借口推托，他将帕翠亚介绍给兰德，希望让她能够渐渐接受两人的关系。然而他们的来往让兰德心烦意乱，为此与纳撒多次争吵。真相就在那里，可她不愿承认。

过了不久，纳撒夫妇和帕翠亚夫妇先后离婚。兰德感到纳撒在离婚后言行不一，向她隐瞒了一些事情。有一次她甚至指名道姓地说："帕翠亚之类的人要从我的头脑、抱负和成果中揩油，你想也别想。……（你）无权和低劣的女人上床。"1968 年 7 月初，纳撒面交兰德一封长信，表示他不能与兰德恢复情人关系，只希望保持友谊。兰德感到被抛弃了，她看了几页就破口大骂，要求纳撒和帕翠亚断绝往来。胆怯的纳撒同意了。

一个多月后，兰德通过芭芭拉知晓了全部真相，包括纳撒对她的长期欺骗。兰德向纳撒大吼："你敢拒绝我？我是你的最高价值，你说过你的生命中不能没有我，你说过我是你梦寐以求却在现实中不抱希望能遇到的女人！”她狠狠打了纳撒几耳光，然后向他发出恶毒的诅咒：“如果你还有点良知，心理还算健康的话，接下来二十年就该阳痿！”兰德随后向学员们发出公告，称她与纳撒和芭芭拉永绝一切关系。两人离开了纽约，纳撒与帕翠亚正式结婚，迁往洛杉矶居住。兰德则回到了丈夫奥康纳的怀抱。

兰德生前和众弟子们维护着自己的一代宗师形象，私生活并不怎么为人所知。纳撒和芭芭拉也守口如瓶，只跟几个人透露过真相。兰德于 1982 年去世，四年后芭芭拉出版了《兰德的激情》（*Passion of Ayn Rand*）一书。又过了三年，纳撒也公开了自己的回忆录《审判日——我与安·兰德度过的岁月》（*Judgment Day: My Years with Ayn Rand*）。这两本传记披露了兰德等人的多角恋情，出版后舆论哗然。2005 年，瓦利恩特（James S. Valliant）根据兰德的日志出版了《安·兰德批评者的激情》（*The Passion of Ayn Rand's Critics*），反驳了布兰登夫妇对她的一些负面描述。这样的故事总会有罗生门式的多重版本，不过枝节上的争议并不妨碍本文下面的分析。

安·兰德的性爱观

在传统的中国人看来，兰德与纳撒的恋情具有三重不伦的意味。一是不守妇道，背叛丈夫奥康纳，与其他男子寻欢作乐；二是不循师道，与门徒发生了肉体关系；三是不具长者之风，用兰德自己的话来说，她成了“一个追逐小白脸的老女人”。

持有这些价值观的人完全可以给兰德贴上“荡妇”的标签。然而，兰德的不伦之恋不仅符合其人生哲学，也体现出她保守的审美倾向。

在一本全球女哲学家的传记集中，兰德的作者海尔（Jenny Heyl）这样评价道：“她（兰德）的文艺仿效了她的人生，她的人生也效仿了她的文艺。”有些作家说一套做一套，兰德却实践了“知行合一”的原则。她将自己的思想称为“客观主义”。就本体论和认识论而言，客观主义接近我们熟悉的唯物主义哲学。她的伦理学则极力批判利他主义，张扬个人主义。兰德小说《源泉》中的主人公洛克就体现了这种哲学的典型人格。他有一种“虽千万人吾往矣”的气质，即使整个世界都反对他，洛克依然坚持自己的理想信念。

以自我为中心的客观主义哲学也体现在兰德的性爱观中。19 世纪以前的西方哲人大都不屑于谈论床笫之事，德国哲学家叔本华首先承认了性爱之于人类精神的关键意义。他将性活动视为意志的集中体现，性欲不满是痛苦的根源，满足则是无聊的开始。尽管兰德的哲学也重视性爱，她的立场更接近尼采，将性爱看作自我价值的最高实现。《阿特拉斯耸耸肩》被公认为兰德最有影响力的代表作，其中的人物弗朗西斯科曾说：“那些自轻自贱的人竟然想通过性冒险赢回自己的自信——这真是南辕北辙，因为性并不是前因，而是后果，是一个人自然价值感的一种表现。”

兰德相信，性爱绝不仅仅是一种生理需求，还是全部人格的精神体现。她鄙视将性视为动物本能的观念，甚至借弗朗西斯科之口宣称："只要跟我说一个人性兴趣的指向，我就能告诉你他整个的人生哲学。"在她看来，性爱追求必然是自私的，没有人会出于无私的理由投入这种活动。对男人来说，一位女子越能反映出他深刻的自我形象，就越能吸引他。因此，"一个对自己的价值有无限自豪的确信的男人，总会希望得到他能找到的最高级别的女人，他所渴慕的女人，最强最难征服的女人——因为只有拥有了一位女英雄，他才会得到一种成就感"。我们只要将这句话中的"男人"和"女人"互换，就可以知道兰德本人的性爱观。

在兰德的伦理体系里，性爱活动具有强烈的道德性。这种道德性并非基于人际关系，也不受限于社会规范，而在于是否忠实自我。兰德与奥康纳成婚时，几位友人曾说兰德的签证快到期了，她需要找个办法让自己留在美国。这实在小看了兰德。她也许会借助婚姻获得绿卡，但她不可能为此嫁给一个自己不喜欢的男子。除了与纳撒的婚外情，兰德与奥康纳的婚姻生活相当稳定，持续了半个世纪之久，直到奥康纳死在她怀里。

兰德的性别观念也很传统，她既觉得同性恋者"恶心"，也认为女性不该当总统，因为每个女人都应找到可以仰视的男人，而女总统无法仰视任何男人。她本人自视甚高，常有鹤立鸡群之感，只欣赏有阳刚之气的男性精英，而这样的人少之又少。有些学员曾向她暗表爱慕之意，她一概置之不理。兰德很少遇到心仪的男性，可爱情之神还是在年近半百时眷顾了她。海勒这样评价她与纳撒的婚外情："对他们来说，相爱在哲学上是不可避免的，是浪漫的，在道德上是正确的。"

同时这也意味着，纳撒与帕翠亚偷情，不只是在肉体上背叛了兰德；更可怕的是，这是一次针对客观主义的叛教行为。既然性爱体现了一个人精神上最高层次的追求，而只有她和纳撒达到了这种境界，两人在对方身上才能实现自己的价值，纳撒是不应当去寻找其他女人的。然而，他却爱上了帕翠亚，这正是兰德最鄙视的那种男性——“他绝望地狂呼，因为他对他尊敬的女人毫无感觉，却发现自己受缚于对阴沟里的荡妇的不可遏止的激情中。”她于是激烈地指责纳撒是个“对卖唱姑娘的肉体产生性冲动”而抛弃了自己最高价值的男人。

安·兰德的批评者提到她的师生恋，不仅想说她在情感上是放纵的，还要借此讽刺她在精神上也是贪婪的。林行止先生称兰德坚信“自私自利和贪婪是资本主义社会前行的原动力”，“贪婪在兰德词典中有正面意义，她的不少著述遂被暴发的‘新钱’们视为贪婪的福音（The Gospel of Greed）”。在《特朗普灵魂中的女人》一文中，许纪霖教授也说：“她对个人主义（确切地说是精英主义）所具有的狂热，与清教徒的审慎与谦卑格格不入，对人性中与生俱来的贪婪和骄傲也缺乏起码的警惕。”其实，兰德恰恰是个反对贪婪和拜金的思想家。

兰德笔下的弗朗西斯科曾这样批判“实用主义者”：“（他）轻视原则、抽象观念、艺术、哲学和他自己的灵魂。他把获取物质的客体视为存在的惟一目标——他嘲笑考虑它们的目的或是源头的需要。他期望它们给他提供乐趣——他搞不懂为什么他得到的越多，他感觉到的反而越少。他是那种将时间花在追逐女人上的人。……他告诉自己他追求的一切不过是肉体的快感……在征服一具没有灵魂可言的肉体中又会有什么光荣可言？”能写出这样一段文字的人，怎么可能贪得无厌？

兰德本人具有很高的艺术品位和精神追求，她书中的主人公在精神上也是自足的。将她视为贪婪者的教母，是对她的严重误读。兰德理想中的社会建立在出于自愿的贸易基础上，金钱只是这个社会的“工具与符号”——不仅是“自由国家的货币符号”，也是“自由思想的符号”。“它（金钱）可以把你带到任何一个你想去的地方，但它不会取代你成为驾驭者。它会赋予你满足自己欲望的手段，但它不会赋予你欲望。”也就是说，兰德认为金钱只有工具性的价值，不应成为人类追求的根本目的。

理性自负的悲剧

安·兰德的婚外恋最终走向了彻底的悲剧。这一切为何会发生？学者刘仲敬在他编译的《安·兰德传》一书中写道：“兰德圈却产生了东方式宫廷政治，最终把‘大维齐’布兰登（纳撒）都牺牲了。”如果我们仅仅将这段故事看成一部贪欲导致的宫斗剧，就不可能理解它真正的悲剧意味。

就情感生活来说，兰德的信念是高贵的，行动是勇毅的。不过，这并不意味着她的人生哲学没有问题，与纳撒的婚外恋暴露了客观主义的重大缺陷。正如许纪霖和刘仲敬曾指出的，兰德的哲学有着理性主义的明显特征。像其他建立在理性基础上的激进主义一样，她的哲学也指向一种乌托邦，区别在于它是以绝对个人主义为导向的。作为一种规范伦理学，兰德必然要求改造人性，塑造以客观主义为指南的“新人”。作为教内大弟子，纳撒被她视为最成功的实验品，两人的爱情正是这一改造的果实。

在婚外情被各自的配偶知晓后，兰德也试图通过理性，说服奥康纳和芭芭拉接受她和纳撒的情人关系：“你们知道我是怎样的人，也知道纳撒是怎样的人……就我们的全部逻辑，就性爱含义的全部逻辑而论，我们必须爱彼此。……无论你们俩感受如何，我相信你们的智力，我知道你们能够体认我们对彼此感受的理性，而你们将理性置于一切之上。”“如果我们四人的境界不够高，那么这种情况就不会发生。”

兰德成功地说服奥康纳和芭芭拉，却未能阻止纳撒移情别恋。当两人的师生恋开始，她像以往一样追求灵肉结合的高贵爱情，渴望得到一个能够征服自己的男子。不同的是，她已不再年轻。兰德曾是个美丽自信的女性，不难赢得奥康纳的忠心。可她认识纳撒时已有四十五岁，比他大了二十五岁。初次见面时，纳撒就发现兰德比他想象的要矮和胖。芭芭拉回忆说，兰德有双迷人的黑眼睛，但“无论如何”不算美丽。两人还注意到兰德不修边幅：她的长袜常常是破损的，裙子也褪了色，有时还不梳洗头发。

1959 年 2 月，美国著名主持人华莱士（Christopher Wallace）邀请兰德上电视接受访谈。兰德在镜头中的表现虽不能说是谈笑风生，却也显示出睿智和理性的成熟风采。不过，她毕竟不是青春靓丽的少女了。她对纳撒的吸引力，更多来自拥有的话语权力，而非自身的女性魅力。兰德也曾问过纳撒，他是否嫌她上了年纪，纳撒则胆怯地矢口否认。与帕翠亚偷情的时候，他还欺骗兰德说：“你会一直拥有性魅力，任何年纪，你都是无人能比的。”

兰德对纳撒的感情在精神和情欲层面是一致的，纳撒对她却非如此。她相信纳撒和她一样，以理性作为感情的基石。可纳撒的内心不得不承认，年轻貌美的帕翠亚比徐娘半老的兰德更有吸引力，虽然后者才是他的精神支柱。兰德的理论听上去很迷惑人，可它为性爱赋予了过多的精神内涵，仿佛性爱可以摆脱基本的生物规律，仅凭理性便能激发出荷尔蒙。与纳撒的矛盾爆发后，兰德完全不承认年龄差距是根本问题，依然自欺欺人地活在“理性”的世界里。在 1989 年的一次演讲中，纳撒则痛苦地忏悔道：“我把孤独、夫妻间的失望、对兰德难以置信的钦慕、英雄崇拜与爱情混在一起了。”

兰德将纳撒视为“精神继承人”，她曾说：“纳撒对我永远代表了未来，而未来就存在于现实中。”他的叛教行为，对兰德产生了重大打击。读到纳撒长信的那个夜晚，兰德低声自语：“我的生命结束了。他将我连根拔起。”客观主义的信奉者也因纳撒事件而深感疑惑，甚至引发了激烈争论。兰德指定的接班人以最戏剧性的方式与她决裂，在美国西岸“另立中央”，开始传授一套强调感情因素的“修正主义”心理学。

在一次访谈中，芭芭拉说她写作《兰德的激情》，部分是为了“让兰德从自我神化的需要中摆脱出来……她只是一个人，一个女人”。单就情感生活而言，兰德不如与她同时代的法国女思想家波伏娃成熟。尽管波伏娃在很大程度上也相信人性可以改造——所谓“女人不是天生的，而是建构的”，她对男性的了解比兰德更接近现实。她与萨特都有过其他情人，两人都为此产生过醋意，但毕竟没有闹到彻底决裂。波伏娃也曾与比她小十七岁的朗兹曼有过一段恋情。持续六年后，在波伏娃五十岁的年纪，朗兹曼同她分手，她平静地接受这一切。

兰德毕生宣扬“理性”，致力于改造“人性”。她曾观看美国宇航飞船升空，称赞它代表理性的光辉，代表勇气和诚实等美德。然而，就男女情事而论，其本质就是“感情用事”的，这里“人性”必然胜过“理性”。兰德和纳撒都因客观主义而成名，也都陷入了这种哲学错误的性爱理论而难以脱身，这导致了他们的情感悲剧。诚如兰德所言，人类的感情自有其原因，这原因却不在理性的世界中。

今天，安·兰德被冠以“市场女神”的名号，她的大名变成了商业人士的护身符，而她理论中的道德性则被剥离了。在兰德生前，有份美国报纸就嘲笑说：“兰德小姐堪称自由企业的圣女贞德，只是用美元代替了十字架。”在她死后，林行止先生写道：“宣扬这种（自私）哲学，在新经济潮流中成功的弄潮儿和官商勾结有道的财主从此有了精神寄托，理直气壮地牟取暴利，并心安理得地享受飞来横财！”一位追求高贵的尼采式思想家，就这样被误解为庸俗价值观的捍卫者，这恐怕是兰德人生最大的悲剧。

最后说一句，《兰德的激情》虽有些性爱场面，但并不低俗露骨。兰德一角由英国著名女演员米伦（Helen Mirren）主演，她曾获得戛纳和奥斯卡影后，也因此片获得了艾美奖的最佳女主角。读者不妨找来看看，相信一定会从中得到艺术的享受。

（2018年10月16日刊于《上海书评》）

进化论之父如何找老婆

潘达尔（Ruth Padel）是位颇有名气的英国作家，还担任伦敦大学国王学院的诗学教授。你也许从未听说过她，但不可能不知道她的曾外祖父——查尔斯·达尔文（Charles Robert Danwin），进化论的提出者。潘达尔年逾古稀，从照片上看，虽然隔了好几代，她的长相和达尔文还有几分相似。当年达尔文娶妻生子，未必料到后代中有人会当作家，但他一定清楚配偶选择对子孙命运的巨大影响。在整个 19 世纪，没人比他更理解这一点。这位历史上最伟大的生物学家又是如何找到自己的妻子呢？

跨越半个地球的相亲活动

在《道德动物》一书中，美国作家赖特（Robert Wright）详细记载了达尔文的罗曼史。1831 年底，22 岁的达尔文登上贝加尔号，开始了他著名的环球之旅。据赖特推断，达尔文在这次旅程之前很可能还是个处男。之后的五年远航中，他同七十多条汉子挤在一条船上，自然也不可能交结女友。不过，尽管与家乡远隔万里，达尔文依然通过大英帝国的邮政系统展开了求偶活动。他同家中姐妹们保持着通信，内容常常涉及自己和别人的婚事。

尽管达尔文在周游世界，还见过美丽的印第安女人，他的择偶范围却很小，仅限于亲友家庭中几个待嫁的姑娘。当时达尔文可以考虑的结婚候选人一共有四位：一位是邻居家的漂亮姑娘，还有他舅舅韦奇伍德（Wedgwood）家的三个女儿——在维多利亚时代的英国，这么近的亲戚结婚并不是忌讳。不幸的是，在达尔文回到英国之前，其中两个条件不错的姑娘已经订婚，这让在海上漂泊的单身汉颇感失望。还有一个不久得病去世了，达尔文便将眼光锁定在他的表姐艾玛身上。

艾玛是韦奇伍德的小女儿，比达尔文大一岁，具有很高的文化修养。达尔文年少时常到舅舅家的庄园打猎，有时同艾玛一起弹琴散步。当他回到英国时，艾玛已经快三十了。在维多利亚时代的英国，女性普遍结婚较晚。不过达尔文还是可以找个年纪小的姑娘，赖特解释了他为何选择了姐弟恋。

达尔文是个深居简出的学者，极其讨厌社交活动。他曾写信拒绝了数学家巴贝奇（Charles Babbage）的邀请：“我十分感谢您寄来聚会的邀请函，但我很害怕接受它，因为那样我将会在那儿遇到一大堆人，但我曾对着天堂中的圣徒起誓，我绝不再出门了。”在给表弟福克斯的一封信中，他无奈地写道：“剑桥（大学）唯一的坏处是它过于悦人了：每天晚上总有这种或那种使人高兴的交谊会；在别的大城市中，拒绝邀请不会有损害，但在剑桥情形就不同了。”独居的生活方式为达尔文节省了大量研究时间，同时也减少了接触女性的机会。

经过一段时间的重新接触，达尔文与艾玛相恋了。一天，达尔文在纸上写下哈姆雷特式的问句："结婚还是不结婚，这是一个问题。"已故的美国学者贝克尔（Gary Becker）曾用经济学方法分析包括婚姻在内的人类行为，达尔文恰恰实践了贝克尔的决策方法——他开列了一张婚姻的成本收益表。

在收益一方，他首先写上"孩子"二字，接着列出"固定伴侣""老年朋友""照顾房子的人"，考虑得全面而长远。在成本一栏里，达尔文想到结婚会"损失大量时间"，而时间充裕意味着"可以自由地去自己想去的地方，对生活方式的自主选择"。此外，达尔文还想到消极意义上的自由——"不会被逼着走亲访友"和"不必努力挣钱养家"。

慎重权衡过婚姻的成本收益，达尔文还是倾向于结婚："想象一下在乌烟瘴气的伦敦的房子里孤独地过完一天，再想象一个美丽温柔的妻子坐在沙发上，同时还有温暖的炉火，还有书籍和音乐。"大学者在这里显露了他平俗的一面，对"老婆孩子热炕头"的期待最终让他下定决心。

此外，艾玛理解和支持达尔文的研究事业，据说她曾细读他的航海日记，这也是吸引达尔文的重要因素。最后，就像完成一篇数学论文，他在纸上写下："结婚，证毕。"他对婚姻仍存有恐惧，于是这样给自己打气："一个人不能孤独地过一生……相信运气，睁大眼睛去寻找，还是有很多快乐的奴隶的。"1838年11月11日，达尔文与艾玛正式举行了订婚仪式。如果他知道许多年后，这一天变成了中国的"光棍节"，一定会为自己"脱光"的日期而莞尔。

用进化论解释择偶行为

赖特写作《道德动物》，并非只为考证达尔文的私生活，而是要用进化论解释两性关系。进化论的基本原理非常简单，大部分人花上几分钟就可以弄懂。《天演论》的译者严复将它概括为精炼的八字短语："物竞天择，适者生存。"达尔文的朋友赫胥黎（Thomas Huxley）在读完《物种起源》后更是感叹道："没能想出这个理论是多么愚蠢啊。"然而，以进化论为基础的当代演化心理学，尝试解释人类择偶过程中的具体行为，仍是颇具挑战性的研究工作。

男女择偶时看重什么条件？这是我们在青春期经常讨论的话题。即使就身边有限对数的婚姻来看，每对夫妻的组合也有很大区别。民族和国家之间的文化差异就更大了，可这并不妨碍科学家提出一种普遍性的解释。从进化论的角度来看，生生不息的繁衍活动塑造和改变了人性。

根据美国生物学家威尔逊（Edward O.Wilson）的多层次选择理论，在严酷的自然和社会环境中，那些更有利于基因、个体和群体生存的品性被保留下来。其实在《物种起源》出版之前，德国哲学家叔本华（Arthur Schopenhauer）就点明了两性关系的奥秘："两个恋人之间互投的渴望眼神……就是生存意欲肯定自身的最纯净的表达。"文史学家张中行在总结人生经验的《顺生论》中也说："美貌以及多种称心如意，不过是为种族延续而设的诱饵，人都是主动上钩而不觉得。"

从进化的意义来观照，人类的择偶行为，与其说是为自己找个好伴侣，不如说是为孩子找个好父亲或好母亲。由于两性在生育方面具有不同分工，男性更看重女性的生殖力，包括年龄和外貌等个体特征。女性更看重男性为育儿带来的资源，包括获取资源的体力和智力，以及专情的程度。美国演化心理学家巴斯（David Buss）调查过全球37个文化群体，从南非祖鲁人到中国人，他发现男性普遍在择偶时看重外貌，都倾向于找比自己小两到五岁的姑娘。而女性更看重对方未来的收入状况，喜欢找比自己大几岁的丈夫。

为阐明演化心理学，赖特将达尔文作为个案研究，让这门学科的鼻祖现身说法。达尔文的传记资料非常丰富，研究者可以了解到他求偶过程中的种种细节。上文简述了达尔文为何娶了艾玛，我们再来看看艾玛为何嫁给了这位学者。达尔文性格温顺，不喜争斗，属于雄性激素水平不高的男性。这从他圆圆乎乎的脸庞也可以看出，达尔文曾认为自己的外表“令人厌恶地平庸”。然而，他生长在富裕家庭，事业有成，不爱拈花惹草，这些都是吸引女性的特征。艾玛在婚后给她姨妈的信中称：“他（达尔文）的性格非常温和，是一个积极肯干的人。”

在奥斯汀（Jane Austen）的小说《理智与情感》中，女主人公玛丽起初嫌布兰登上校严肃老气，爱上了英俊轻浮的威洛比，“一个三十五岁的沉默寡言的人，跟一个二十五岁的朝气蓬勃的人相竞争，哪里能有什么希望呢？”然而，威洛比对玛丽并无承诺，布兰登上校则以持久的爱心让她回心转意，两人终成眷属。达尔文在婚姻市场上的优势和劣势类似布兰登上校，只是他没有经历那些戏剧性的波折，直接娶到了适合自己的人生伴侣。达尔文夫妇的婚姻宁静而幸福，两人共同生活了 43 年，一起养大了七个孩子。其中一个女儿（Henrietta Darwin）曾回忆说，父母的婚姻是一桩“完美的结合”。

人类婚姻的古今之变

香港作家李碧华的小说《青蛇》重新演绎了白娘子和许仙的民间传说。在小说结尾，时间过了一千年，来到 20 世纪 80 年代。白素贞化身为剪刀厂的女工，在烟雨蒙蒙的西湖畔又遇上了许仙转世的文艺男青年。李碧华暗示着轮回重复的两性关系，可现代人的婚恋模式已经与白娘子的宋代中国迥然不同，也与达尔文的维多利亚英国大相径庭。在工业革命两百多年后，男人还是男人，女人还是女人，可我们的生存环境与祖先相比已是另一番天地。

在传统的农业时代，男女到了性成熟期就可以谈婚论嫁；在当今的学历社会，我们的身体依然按照古人的节奏发育，可婚期被高等教育推迟了五至十年。这种基因与环境的“错配”导致了一系列婚恋问题。例如，今天的男人在择偶时仍然看重女方的年龄容貌，这种基于生殖力的选择偏好早就被嵌入了男性基因。可很少有女性还像艾玛那样养育七个孩子，不少家庭甚至不要孩子。生育任务的减免为夫妻节省出很多精力和时间，需要靠业余活动去填补，人们在择偶时就比古人更重视生活情趣。传统的标准再加上情趣的要求，找到一个合适的伴侣就比以往难了许多。

在保守封闭的熟人社会，即使像达尔文这样曾在剑桥求学的富家子弟，选择配偶的范围也不外亲朋和邻居家的闺女。结婚与否也不能仅由双方决定，两家的父母都可以影响甚至否定儿女的意愿。当年达尔文顺利结婚，就得益于双方家人的支持态度，他们都认为这是亲上加亲的喜事。传统婚制虽然限制了恋爱自由，可也保证了婚姻的稳定性。汉代经书《白虎通》说："男不自专娶，女不自专嫁，必由父母，须媒妁何？远耻防淫泆也。""防淫泆"就是避免性生活混乱，保持社会的基本单位遵守秩序。

在如今变动不居的"陌生人社会"，地理和社会意义上的流动性都很高，一个普通人也比达尔文有更多的机会结识异性。然而，这种交往自由不见得能帮助我们找到最佳伴侣。面对诸多候选对象，我们常常处于举棋不定的焦虑状态，因顾此失彼而惴惴不安。即使像达尔文那样理性地计算成本收益，试图找到能给自己带来最大好处的伴侣，我们也很难预料到未来的"市场风险"和"浮动空间"。何况，影视作品展示的浪漫爱情总让人幻想"还有比他 / 她更好的人等我追求"，因而错过最适宜的结婚年龄。

婚姻决策并不完全基于"价格"，很大程度上还依赖"信息"。熟人社会的婚配制度具有信息对称的好处。达尔文和艾玛虽是近亲结婚，可青梅竹马，知根知底。在今天中国的大城市里，青年男女的接触则从了解对方的"基本信息"开始。起初的短暂接触后，双方主要根据对方的外在条件决定是否继续发展关系。这种机制使内秀者处于劣势，而便于品性不良者掩盖自己的劣迹。不了解过去，也就不易把握未来。结婚后日久见人心，之前潜伏的矛盾便爆发出来了。

婚姻自由一方面确立了男女结合的自主性，尤其使女性从传统婚制中解放出来。另一方面，它也意味着夫妻双方在家庭中的权利义务不再明确，婚姻日益被视为一种不断变动的“合同”，总是处于谈判和妥协之中。社会学家郑也夫在《代价论》一书中写道：“父权制的最大收益在于为性别角色提供了一种模式，使他（她）们免于陷入个体选择的困惑与冲突中，得到一种‘安全感’……进而获得一定的效率。”达尔文结婚时就很清楚，艾玛将为他生养孩子和“照顾房子”，艾玛也清楚达尔文“积极肯干”，能够承担父亲和丈夫的责任。

今天我们的确赢得了婚恋自由，可不见得提高了婚姻质量，反倒常常破坏它。当婚姻出现问题时，夫妇们倾向于以分手了结，整个社会的制度安排也趋于简化离婚过程。从《物种起源》面世的19世纪中期到21世纪初，美国每年的离婚率从每千人不到半对上升到了每千人近四对多，约三成的婚姻最终以离婚告终。现代化动摇了婚姻制度，这可能是我们为享受经济发展不得不付出的代价之一。没有人能够回到过去，大多数人也不想回去。可是，如果我们希望得到幸福美满的婚姻，达尔文、他的进化论和他生活的时代仍然可以为当下提供重要的启示。

（2018年2月26日刊于腾讯大家网站）

被误解和被忽视的保守主义者

潘光旦是民国时期的著名学者，在优生学、社会学和民族学等领域均有建树。他长期被学术界看作一位自由主义者，也有人将他视为社会民主主义者。在20世纪50年代的思想改造运动中，潘光旦也承认自己受美国教育多年，“自由主义思想浓厚”。深究潘氏的学说和经历后，笔者却发现，他主要是位保守主义者。

生物学与保守主义

中国社科院近代史所的研究员吕文浩研究潘光旦多年，他曾指出潘氏的思想主张“呈现出较强的文化保守主义色彩”。如果我们对比潘光旦的社会思想与中西方的保守主义要旨，就会看到两者有着高度的相似之处。例如，潘光旦强调文化的积聚性：“欲期社会改革事业之成功，对于文化之积聚，不能不先加以参考，继加以评估，最后加以选剔，合者留之，不合者将次匡救之……若欲举已往之积聚而全盘推翻之，则不特势所不能，抑且理有未顺；强而行之，行见庭构未成而藩篱尽撤，改革家将无所措手足耳。”保守主义的鼻祖柏克（Edmund Burke）在一百多年前也表达过类似的看法：“我决不排除另一种可以采用的办法；但是，即使我改变主张，我也应该有所保留。”他还说过，“修缮工作要尽可能符合房屋的风格”，与潘光旦都使用了与建筑有关的比喻。

除了最早进入现代社会的英国和法国，其他国家的保守主义均表现出存续本国文化的倾向，因为这些国家受到外来文化的猛烈冲击，它们的现代化在很大程度上也是西方化的过程。类似同时代的中国保守主义者，潘光旦也有着阻抑西方化的思想：“中国是一个常数，世界文化潮流的动荡终究是一些变数。我们决不能因变数的繁多而忘却了常数的存在。我们更应以变的造就常的。”他对作为“常数”的中国传统持有理解和保留的看法：“我对于旧制度——若‘无后为大不孝’‘女子无才是德’‘婚姻父母主裁’‘科举取士’等等——的根本态度，无非是一个谅字和一个允字。”

相比于以清朝遗老为代表的政治保守主义和以学衡派为代表的文化保守主义，潘光旦的保守思想主要集中在社会议题方面，并以生物学和进化论作为主要的理论基础，可谓中国保守主义的异类。潘光旦晚年曾翻译达尔文的名著《人类的由来》，社会学家费孝通在该书附记中写道：“这书（达尔文的《物种起源》）的发表，对上帝造人的宗教神话和靠神造论来支持的封建伦理却不啻发动了空前未有的严重挑战。”在一般人的印象中，进化论本是挑战旧道德的科学理论，潘光旦如何由进化论走向保守主义，反倒去维护那些“封建伦理”？

民国时期的保守主义者往往根据从西方引进的某一标准，以此主张存续或淘汰中国的典章制度。例如，学衡派的主将胡先骕就“欲以欧西文化之眼光，将吾国旧学重新估值”。潘光旦也从西方引进了一种标准，只是这种标准并非文化的，而是生物的。他要保存的“国粹”乃是“血系”或“精质”——用今天的话来说，即“优秀基因”。潘光旦相信“文化盛衰由于人才消长，而人才消长由于生物原因”。他从生物学的眼光重新审视中国传统，推崇有利于社会优秀成员婚配和繁育的制度和观念，并称其为“社会选择论”。他由此致力于揭示中国古代制度隐含的优生功能，为传统进行了演化意义上的辩护。

例如，潘光旦曾在一篇英文论文指出，虽然科举制度建立在中国古代哲学家的思想之上，可他们并不具有生物学知识，不可能从这一角度阐述古代制度的功能。在他的新眼光看来，科举制度的建立虽出于政治目的，却有着优生强种的功效。由于科第选拔的原因，基因优秀的人才更容易彼此婚配，达成后代的“品貌整齐”。他对科举的批评，也集中在“（社会）选择的标准太狭太少”，而不是自由主义者常常批评的钳制思想。类似的，他也为中国传统的婚姻和生育制度辩护。

两纲六目论是潘光旦从生物学走向保守主义的第二条途径。系统阐述这一理论的图示最早出现在20世纪40年代出版的《自由之路》中，有关的言论散见于潘氏更早的文章著述。两纲六目论是潘光旦对其社会思想的概括，他的社会选择论借助西方学说维护中国传统，偏于单一的价值取向；两纲六目论则是原创性的宏大理论，包含几个层次和维度，体现了保守主义的多元价值观，可惜潘光旦从未就此写过专著。

如图一所示，两纲六目论将人性分为三个层面：通性、个性和性别，分别对应着三种社会功能：维护秩序、推动文明和延续种族。位于两端的个体与社群各有其价值，两者的关系是相辅相成的，如潘光旦所言：“社会生活需要个人生活的充实，个人生活需要社会生活的涵养。”在他看来，理想的社会“要奠定个人与社群间应有的平衡，要取得人格三方面与群格三方面应有的协调”。符合这种理想的“健全社群”古今中外都找不到，不过相对而言，儒家文化接近合乎中庸的平衡状态，自由主义偏向个人一端，社会主义则偏社群一端。潘光旦因而又站到了维护中国传统的保守主义立场上。

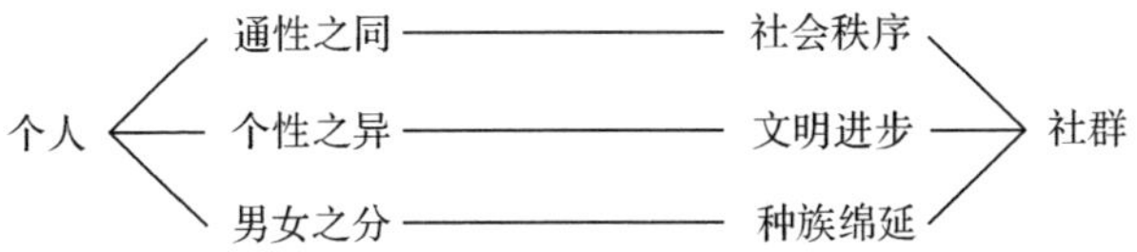

图一　潘光旦的两纲六目论图示

与民国知识人的关系

作为民国著名学者，潘光旦先后活跃在上海、北平和昆明的学术界和文化界，他的“朋友圈”包括多位学人和作家。梁启超是他的老师，费孝通是他的学生，闻一多和梁实秋是他的同窗好友。在上海时期，潘光旦就加入过两个文人圈子。一个是英文杂志《中国评论》（*The China Critic*）的编辑和作者群，以林语堂为中心；另一个则是中国现代文学史上有名的新月社，以胡适为中心。从潘光旦与民国人物的关系着眼，我们可以进一步了解他的政治倾向。

潘光旦与胡适交往甚多，两人都曾是新月社成员，被徐志摩并称为“胡圣潘仙”。他们当时无疑都属于自由知识分子群体，不过这并不意味着两人的立场相近。早在 1927 年，潘光旦就撰文批评胡适，认为后者对西方文明“看得太高了”，并质疑“自由、平等和博爱”三信条的合理性。以人权为例，潘氏毫不客气地反驳胡适说：“至于人权神圣之说，他（胡适）的根据的薄弱几等于零。……人权如无此东西，则所谓神圣二字，适足以表示信仰神权者的自卫心理和夸大狂罢了。”人权理论构成了自由主义的基石，潘光旦对人权的神圣性全然否定，足可见他对自由主义的批判立场。

如果说自由主义以个人为本位，社会主义以集体为本位，保守主义则以家庭为本位。保守的潘光旦与胡适对个人主义的看法殊异，以后者的一则日记为证。1930 年的一次学术活动后，胡适在日记中写道：“平社在我家开会，潘光旦读论文……他的论文很好，但见解也不无稍偏之处。他反对个人主义，以为人类最高的理想是‘承先启后’，‘光前裕后’。……真能完成个人，也正是真能光前裕后也。”可见，两人的社会理想存在着原则性的分歧——以个人为本位，还是以家庭为本位。

潘光旦很早就强调家庭是社会的基石，他引用英国学者席勒的话说：“人类生活的生物的单位既不是个人，亦不是国家，而是家庭。”家庭具有三种基本功能：“为个人求发展，为社会谋秩序，为种族图久长保大。”根据他的两纲六目论，这三种功能分别对应个性、通性和性别，因此家庭是联结个人与社会的关键组织。在潘光旦看来，一种健全的社会哲学当以家庭为本位，即家庭主义。他的这一观点受到19世纪的法国学者勒普雷（Frederic Le Play）影响，后者忧心于工业化和城市化导致传统家庭解体，正是具有保守主义倾向的社会学家之一。

作为自由主义的代表人物，胡适的师承则来自美国哲学家杜威（John Dewey）。早在清华读书时，潘光旦就不喜欢杜威。他回忆说："杜威来（清华）讲了四次，我睡了四次，他像和尚念经似的。"这显然大异于胡适对杜威的推崇。潘光旦后来批评胡适的个人主义，也追溯到了他的老师杜威："至于政治，杜威的见解也近乎原子论或机械论一流，他认为政治社会……是一种彼此牵制的凑合，而不是彼此协调的融合……因此，政治的作用只是消极的防杜分歧，而不是积极的推进融洽。"这一批评的对错姑且不论，至少说明潘氏的立场接近保守主义的有机论，即将社会看成一个有机结合的整体，而不是一盘散沙的集聚。

与胡适并立的鲁迅似乎没有同潘光旦直接打过交道，他从左翼的平等立场出发，对潘氏的学问颇有微词。潘光旦在清华时因为跳高跌伤，一腿残疾，终生拄拐。在鲁迅小说《理水》的开篇，"一个拿拄杖的学者"出场，就是暗指潘氏。为了研究优生学，潘光旦收集了很多家谱作为基础资料。鲁迅便以惯有的辛辣笔调讽刺他的学问："我（拄杖学者）曾经搜集了许多王公大臣和豪富人家的家谱，很下过一番研究工夫，得到一个结论：阔人的子孙都是阔人，坏人的子孙都是坏人——这就叫作'遗传'。"

鲁迅借小说丑化潘光旦，应属左翼作家对保守主义的攻击。

潘光旦的确强调遗传的重要性，认为其作用多于环境，可他并没有否认后天的解释。在他看来，个人成就受到三种因素的综合影响，即生物遗传、文化遗业和平生遭际。潘光旦认为生物因素“最为基本”，另外两者属于次要的外因。问题不在生物学家忽视环境，而在于社会学家忽视生物因素：“在文化社会学家方面，对于先天的种种能力或能性，却大有掉头不屑一顾的态度，坐使二派学问（先天派与后天派）彼此不能携手，互相启衅，这是我认为很不幸的。”

尽管潘光旦的政治倾向偏于保守，他与清末民初主要的保守主义派别——如国粹派和学衡派，以及后来被誉为“国学大师”的那些学者，很少有人事上的往来或思想上的交流。学衡派的吴宓曾为潘光旦的《中国之家庭问题》写过肯定性的书评，赞扬他对女权运动的批评。不过，吴宓在清华经常来往的同事并不包括潘氏。潘光旦 1950 年的一则日记记载了他与梁漱溟的会面，并认为梁的《中国文化要义》与他的思想有很多相同之处。除此之外，笔者尚未看到其他材料说明两人有过更深入的交往。陈寅恪自称“思想囿于咸丰、同治之世”，堪称中国保守主义的重镇。他与潘光旦一度都任教于清华，两人的互动也有零星的文字记录，不过似乎仅限于同事关系。

思想史家为何误判？

既然潘光旦的思想主张表现出强烈的保守主义倾向，为何他长期被误认为一位自由主义者？这在很大程度上缘于他所属的知识群体。厦门大学中文系的谢泳教授研究民国知识分子多年，在20世纪90年代末发表的一篇论文中，他将当时中国一流的社会学家视为背景相近的一批学者——留学美国，任教名校，熟悉民主政治。既然潘光旦也是他们中的一员，那么他“在政治上无疑是坚持自由主义立场的”。此外，林语堂等人的论语派，或是胡适等人的新月社，都属于自由派的言论阵营。潘光旦参与其中，自然也被视为同类。吕文浩就总结说：“他（潘光旦）的家庭教养、求学经历和人际交往圈子大体上是在自由主义阵营，其社会思想在这一阵营的同调更多一些。”

吕文浩的早期研究将潘光旦认作自由主义者，还因为“他的思想倾向于较多地肯定自由、民主、宪政一类的主张。”值得注意的是，尽管共同拥护民主宪政，美国内部的政治派别仍分作自由主义和保守主义两翼，潘光旦吸收的智识养分恰恰来自作为右翼的保守主义。林语堂喝过不少洋墨水，本人也是基督徒，“两脚踏中西文化”的他却有着守护中国传统的一面。新月社的主调虽是自由主义，可并非只出版自由主义的书籍，学衡派的《白璧德与人文主义》即由该社印行。这些内部差异提醒我们，若以群体特征推断个人属性，还应多学习胡适的“小心求证”。

除了自由主义者，潘光旦还被贴上过“社会民主主义者”的标签。吕文浩曾指出：“在评论当时英美个人主义的市场经济与苏联的集体经济时，潘光旦认为两者皆有弊端，最好是把两者综合起来，走一条折中的社会民主主义道路。”谢泳也感到潘光旦在政治倾向上接近英国工党领袖拉斯基，而此公正是一位社会民主主义者。在2011年出版的《启蒙如何起死回生》中，华东师范大学历史系的许纪霖教授所见略同，将潘氏归入受到社会民主主义影响的知识分子之列。然而，这些判断缺乏有力的论证。

哈耶克（Friedrich August von Hayek）的名著《通往奴役之路》初版于1944年，最早读到此书的中国学者就有潘光旦。他在一篇书评中写道："哈氏认为自由经济与计划经济不能两立，过分地抨击计划经济与集体主义的措施，我是不赞成的。"谢泳和许纪霖都根据这一批评，对潘氏的政治倾向做了归类。许纪霖写道："潘光旦的评论尽管是个人性的，但在中国自由主义中颇具代表性，假如当时其他人也读到这部著作，相信大部分人的反应与潘光旦不会差距太远。"其实，潘光旦的评论只能代表他自己，他对哈耶克的批评乃是基于保守主义，而非当时很多自由主义者偏向的社会民主主义。

今天的西方政治学者一般将保守主义放在政治光谱的右端，社会主义放在左端，自由主义位于中间。例如，巴拉达特编写的教科书《意识形态》便如此将三大政治思潮摆放在一条横线上，此书国内也出版过中译本。不大为中国学界所知的是，这三者还有一种三角形的关系，最早有此认识的学者正是哈耶克。作为古典自由主义者，哈耶克在与社会主义者的论战中发现，保守主义者常常充当中间派。他在《自由秩序原理》中指出："较为恰当的做法乃是用一个三角形来表示他们（各派政治人物）间的关系：保守主义者已占据其间的一角，社会主义者竭力把他们拉向另一个角，而自由主义者则试图把他们拉向第三个角。"

在世界近现代史上，社会主义和保守主义曾经分别联合自由主义攻击对方，然而两者也有相通的一面。它们都不满于自由主义主导的个体化和市场化社会，只是解决的方案一个向前看，一个向后看。潘光旦的两纲六目论即包含这种三角关系：自由主义和社会主义分别偏向一端的个人或社群，保守主义则“执两而居中”。因此他在批评哈耶克之后接着说：“我认为个人主义与社会主义……各有它们的弊病。”如图二所示，社会民主主义也在社会主义与自由主义之间，可它位于在三角形的底边，而非顶点。它与保守主义都批判自由主义，理据却不相同。将保守主义混同于社会民主主义，致使许纪霖等学者误解了潘光旦。

另一个相关问题也值得讨论——研究中国保守主义的学者为何没有将潘光旦作为他们的研究对象？就笔者所见，这方面的史学文献从未将潘氏纳入视野，主要原因恐怕在于他的学理基础。潘光旦是位用生物学理论研究社会现象的学者，就思想源头而论，他的保守主义基于自然主义，而不是儒家经学、人

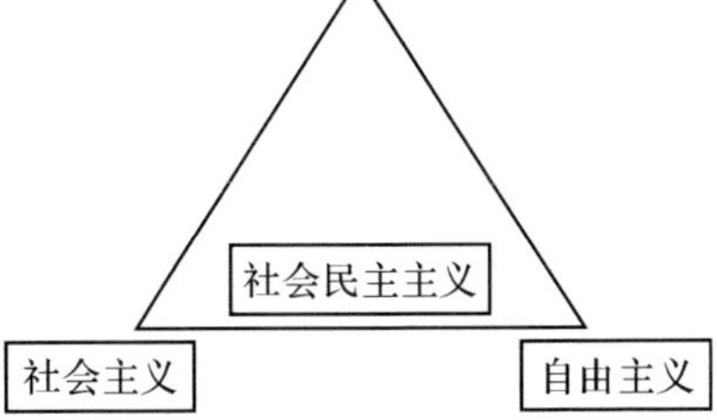

图二　三大政治思潮的关系示意图

文主义或基督教神学。在民国时期，各派保守主义者的知识结构大都来自东西方的人文学科。他们即使了解一点进化论，其解读也偏于社会进化论或社会达尔文主义，并将它与实验主义或共产主义等量齐观。潘光旦宣扬一种自然主义的保守学说，便不会被同时代的保守主义者引为同道，也不易被后世的研究者关注和比较。

潘光旦为保守主义找到了一种生物学的理论支持，它为传统的文化和制度张目，却不同于主流保守主义者的学说，不妨称为“生物保守主义”。20 世纪 70 年代后，社会生物学、演化心理学和行为遗传学在西方学术界迅速发展，有关的研究成果蔚为大观。2005 年，《达尔文的保守主义》（*Darwinian Conservatism*）一书在美国出版，标志着生物保守主义在西方浮出水面。与此同时，生物科技日新月异，有关的技术和伦理问题也越来越受到关注。潘光旦已经去世半个世纪之久，在新的时代精神照耀下，他的学说应当受到中国思想界的重新认识和评价。

（2019 年 8 月 13 日刊于《上海书评》）

潘光旦：中国第一位社会生物学家

潘光旦是民国时期的著名学者。清华校史专家黄延复曾提出“清华四哲”之说，除了陈寅恪、叶企孙和梅贻琦，剩下一位就是潘光旦了。其中陈寅恪是历史学家，叶企孙是物理学家，梅贻琦则是教育家。至于潘光旦，有人说他是社会学家，因为他当过清华大学社会学系的系主任；有人说他是心理学家，因为他翻译过霭理士（Henny Havelock Ellis）的名著《性心理学》；还有人说他是民族学家，因为他晚年做出了几项开创性的民族学研究。其实，潘光旦自我定位首先是一位优生学家，其他的“家”都是派生出来的。今天我们从长时段的学术史脉络里更宜将他尊为中国第一位社会生物学家。这并非笔者标新立异，只有如此才可以将潘光旦的学术训练、学术思想和学术命运统合起来，进行更有解释力的阐述。

从生物学训练到开创社会生物学研究

1922年秋到1926年秋，潘光旦在美国留学四年，连续攻读本科和硕士学位，并主动放弃了博士学位。其间他曾在四所机构学习：达特默思学院、纽约冷泉港实验所、哥伦比亚大学和马萨诸塞州的海滨生物研究所，所学的内容均与生物学有关。

他当年在哥大师从遗传学家摩尔根，后者曾获得1933年度的诺贝尔医学和生理学奖，属于当时生物学界的领军人物。按常理来说，潘光旦只要追随摩尔根的研究方向，回国推动遗传学的学科建设，就能成为中国现代生物学开创者，在谈家桢之前成为“中国的摩尔根”。

然而，潘光旦治学的落脚点在人类，而不在动物。在当时的西方学界，优生学是生物学的应用学科，它以人类为主要的研究对象，并结合了社会科学和历史资料，最能满足潘光旦的学术兴趣。冷泉港的优生学纪录馆（Eugenics Record Office）是美国优生学的研究重镇。潘光旦在那里系统地接受了优生学培训，这决定了他此后的学术道路。在留美的短短四年中，他在优生学纪录馆的学习时间长达一年半，并与该馆主任达文波特（Charles Davenport）建立了亲密的师生关系。1923年11月，来美仅15个月后，潘光旦就发表了题为《优生学与中国》（*Eugenics and China*）的英文论文。

优生学吸引了清末民初的不少中国思想家，包括谭嗣同、康有为和章太炎等人，他们提出过种种优生方案，可潘光旦普及优生学的功绩无人可及。优生学的要旨在于将人类的品性分为不同等级，通过生育技术和公共政策控制人类的演化进程，让“品性良好”的社会成员提高生育率，也让“品性不佳”的社会成员降低生育率，潘光旦分别称为“留强”和“汰弱”的优生学。作为一门应用科学，优生学的理论基础在于社会生物学，西方当时的很多优生学者同时也是社会生物学家。潘光旦的学术贡献更多在于阐明理论，而不是研究优生政策，因此他更宜被视为社会生物学家。

所谓社会生物学，即用生物学理论研究社会现象，或用潘光旦的话来说："站在生物学的立脚点来观察文化。"潘光旦的中文著作多用"人文生物学"一词，含义相近。只是今天的社会生物学研究所有社会性动物（如蚂蚁），潘光旦的关注点更在于人类自身。从学术训练和治学方法来看，与其说潘光旦是位社会学家，不如说他是社会生物学家（sociobiologist）。潘光旦的系列研究虽然取材多样，视角总不出社会生物学的范畴——除了他晚年的民族研究。

早在留学美国时，潘光旦就用"社会生物学（sociobiological）"一词来形容自己的研究范式，他在后来的中文译本中明确写道："绳以今日社会生物学之学理，则可知孔门学识独到之处，有足惊人者。"他还列出了儒家学说和社会生物学的对应关系，说明两者多有相通之处。据生物学史家研究，动物行为学家斯各特（John Paul Scott）在20世纪40年代末的一次生物学会议上首次提出社会生物学一词，潘光旦比他还早二十多年。

在社会生物学家看来，就像其他动物一样，人类行为至少部分由自然选择所形成的遗传因素决定。这里仅举三例，说明潘光旦的社会生物学视角。他曾根据一些生物学者的观察指出，就人类品性的变异程度而言，男性一般稍大于女性，这也许是女性天才较少的部分原因。这一解释显然不同于强调环境因素的社会学解释。有些当代研究肯定了这一观点，虽然尚不能得出一致结论。

潘光旦还指出过农业社会中父母包办婚姻的进化优势——

"彼（父母）以其比较丰富之经验，比较冷静之态度，必有以补子女之不及而匡正其失。"正是在相近思想的基础上，希腊生物学家阿波斯泰娄（Menelaos Apostolou）于2017年提出了复杂的婚配演化模型。在20世纪40年代出版的《优生原理》中，潘光旦还提到过欧亚大陆与美洲的人类具有不同的进化史，抵抗病菌的免疫力相差很大，因此印第安人在欧洲人登陆后大量死亡。美国地理学家戴蒙德（Jared Diamond）在20世纪90年代末出版《枪炮、病菌与钢铁》后，这一观点才在学术界普及开来。

社会生物学家潘光旦的主要贡献

作为中国第一位社会生物学家，潘光旦的主要贡献在于介绍和发展了社会选择论。在他看来，人类演化除了由自然选择决定，还受社会选择的影响。社会选择是指观念、风俗和制度对人类生物演化的作用，它虽不能改变遗传的机制，却可以左右选择的方向。在1925年发表的《近代种族主义史略》中，潘光旦概括了社会选择的标准："文化势力之善者与天择并行不悖，可使人类日益精进；否则倒行逆施，可使强亡弱存，优败劣胜，陷种族于危亡之域。此派学说（社会选择论）之正宗，其后演为优生哲学。"这里潘光旦明确指出，社会选择论是优生学的前导理论。

那么，哪些社会选择有利优生，哪些不利呢？就一个社会内部而言，潘光旦主要看重有利于其"优秀分子"婚配和繁育的制度和观念。他相信“文化盛衰由于人才消长，而人才消长由于生物原因”，社会选择通过影响人才多寡，间接地决定着一国文化事业的繁荣或衰退。潘光旦虽然承认个人成就受到三种因素综合作用的影响，即生物遗传、文化遗业和平生遭际，他仍认为生物因素“最为基本”，另外两者属于次要的外因。“真正的人才，第一靠遗传的良好。但他可以成才到什么程度，局部也要看他所处的社会有多少文化遗业，有什么文化遗业。”

潘光旦对民族兴衰的解释与此类似，在生物遗传、地理环境和文化遗业三个因素中，“遗传最为基本，其次是环境，又其次是文化”。这种观点多少得到了美国生物学家杜布赞斯基（Theodosius Dobzhansky）的认可：“文化并不是通过基因得以传承的……然而，不能忘记的是这种作用因素（文化）完全依赖于人的基因型。”当代社会生物学的集大成者威尔逊（Edward Wilson）也指出，很多个体品性都具有中等程度的遗传率，群体间的遗传差异可能造成了社会之间的文化差距。

潘光旦的遗传决定论很大程度上受到了优生学的创始人，英国科学家高尔顿（Francis Galton）影响。高尔顿首先使用进化论原理和家谱材料解释历史上的天才现象，他相信“通过连续几代人审慎的婚配，产生一批天赋很高的人才，这是相当可行的”。像高尔顿一样，潘光旦认为社会选择论之于中国的意义，在于“如何利用已然的现存的文化势力，和如何产生新的文化势力，使中华民族里比较优秀的分子可以取得婚姻生产的保障，取得婚姻率生产率的提高”。他虽认为中国不乏聪明强干者，却也警告说：“一个不理会社会的生物基础的民族，一个但知利用生物本钱而不知自觉的与自动的来增加这种本钱的民族，是危险的。”

在增加“生物本钱”的意义上，潘光旦肯定了魏晋时代的选官制度，因为它保证了一种优生功能：“选举制施行后第一步的效果是定流品，流品越好，社会身份越高，婚姻选择的范围越狭，选择的标准越严；故家大族，流风余韵，因而可以历久不坠，民族有故家大族做领袖表率，也得以历久而不衰微灭亡。”他依此解释大书法家为何集中于这一时期：“魏、晋、六朝、三唐书法的发达，是因缘于门地主义的婚姻；两晋比较的更发达，是因为门地讲得更严格，王卫二氏的特殊发达，是因为门地的讲究而外，再加上好几代的血缘结婚。”潘光旦对科举制度的辩护和批判也都基于社会选择论：由于科第选拔的原因，基因优秀的人才更容易彼此婚配，达成后代的“品貌整齐”。

英国思想家伯林（Isaiah Berlin）曾将学者分为两类——刺猬和狐狸：“狐狸知道许多事，而刺猬知道一件大事。”潘光旦的学术兴趣广泛，似乎像个狐狸式的学者，他晚年也曾自嘲：“我这一生仍是博而不专。”其实，潘光旦的研究大都基于社会生物学，他真正是位刺猬型学者，符合伯林说的“凡事归系于某个单一的中心识见，一个多多少少连贯密合成条理明备的体系”。潘光旦按照存续优良血系的原则，审视历史上的制度和习俗，并给以生物学意义上的功能主义评判。我们应当从他知道的“一件大事”重新评价他的学术贡献。

面向单一学科还是整个学术界?

当代研究中国社会学史的学者，常常将潘光旦列为名家之一。可潘光旦在民国时期只是接近了一流学者的地位。1948 年，“中央研究院”举行过一次院士选举，潘氏属于社会学类候选人之一，最后选出的院士中并没有他，而陈达和陶孟和当选了。潘光旦与社会学的关系也是貌合神离，他自称：“半路出家的我，根本对它（社会学）没有太多的情感上的联系。”除了孔德（August Comte）和勒普雷（Frederic Le Play）等少数几人，他很少正面引用西方社会学家的作品。潘氏同孙本文、陈达和吴景超等民国社会学家展开过激烈的学术争论，每次都站在强调生物因素的一方。

潘光旦在同代人的眼中没有进入一流学者之列，他对当代社会学的贡献也不显著。从论文引用量来看，他和费孝通对社会学研究的影响甚至不在一个数量级上。基于中文社会科学索引数据库（简称 CSSCI），笔者搜索了标题中包含潘或费姓名的社会学论文篇数。从 1998 年到 2018 年，与费孝通相关的社会学论文高达 87 篇，与潘光旦相关的只有 9 篇。一位学者求学时未进入社会学专业，治学时不沿用社会学理论，其学术遗产对社会学界也没有很大影响，我们就很难高抬他在社会学史上的地位了。

不过，某位学者对一门学科的贡献并能不代表他对整个学术界的贡献，我们将潘光旦的研究放在中国现代学术史来看更有意义。作为中国第一位优生学家，潘光旦回国后不可能找到美国冷泉港那样的研究机构，他也不能像老师达文波特（Charles Davenport）那样获得大笔资助，因此他不得不在社会学界谋职。在社会学天地里，潘光旦就像一位居住在他国的孤独移民，既不愿融入当地文化，还宣扬着母国文化的优越性。囿于社会学的学科边界，我们便只能将他看作这一领域的“另类人物”，或所谓“生物学派”的代表。无论民国末年的院士选举还是今天的专业研究，都在学科的藩篱下低估了潘光旦的学术贡献。

作为中国最早的社会生物学家，潘光旦根据社会生物学的原理分析和评判中国历史，尤其是儒家的文化和制度，这当属于他最大的学术成绩。他在这方面的思考今天已经集结成《儒家的社会思想》等书。他在中国开创了社会生物学的研究范式，引进了达尔文主义的思想和方法，在这一领域走在国际学术界的前沿。在《优生原理》和《人文史观》的著述中，潘光旦的思考不仅涉及文化对人类演化的作用，文化自身的演化和选择过程，还探讨了文化与生物的协同演化，例如他对东西方宗教的社会生物学分析。当一本介绍社会生物学原理的著作《普罗米修斯之火》在1990年被译介到中国时，人们已经忘记了民国时期就有人将这把“火”盗回国内了。

在家谱学和天才研究方面，潘光旦结合史料，进行过大量开创性的研究。这些研究的学理和方法存在着不小的问题，后来的学者很少使用他整理过的材料，也不宜评价过高。在先天和后天的争论持续一个多世纪后，现在的学者至少清楚，高尔顿高估了先天因素，因为他并没有将先天和后天因素在统计上分开处理。潘光旦也跟随高尔顿犯了类似的错误。

今天，发达的行为基因学（behavior genetic studies）能够更清晰地揭示遗传现象。行为基因学家使用“遗传力（Heritability）”这一指标来测度生物因素的作用。成年人的智商在0.8以上，即基因差异可以解释成年人口中80%的智商差异。个性（如外向/内向）在0.5左右，偏好（如艺术/研究）仅在0.3至0.4之间。如果天才的产生仅仅取决于智商，那么遗传机制将起到主要的决定作用。但是他们不能仅仅依靠智商取得杰出成就，内在的个性和偏好，外在的机遇和条件，同样也很重要。而且，这些因素的综合作用很可能具有乘数效应，它们的相互作用还没有被研究透彻。可以想见，潘光旦当年对遗传和环境作用的理解就更缺乏严谨的科学依据了。他也曾承认这点：“就目前（20世纪40年代末）论，我们对于造成复杂品性的若干单纯品性，事实上还分辨不出，姑无论其背景里的种种基因了。”

尽管潘光旦过高估计了遗传因素的影响，对社会选择的理解也不像后世的社会生物学家那样顾及多个层面，但他对人类行为的生物学解释，依然在中国现代学术史留下了光辉的印迹。主流的社会学家一般偏向于使用环境论或文化论解释人类行为。潘光旦的一大贡献在于抗衡这些理论，与同时代的社会学家展开辩论，维持了思想生态的平衡。

虽然潘氏过于重视遗传因素，可并非不承认环境影响。在他看来，问题在于社会学家常常忽略生物因素：“在文化社会学家方面，对于先天的种种能力或能性，却大有掉头不屑一顾的态度，坐使二派学问（先天派与后天派）彼此不能携手，互相启衅，这是我认为很不幸的。”20世纪80年代，美国社会生物学家拉姆斯登（Charles Lumsden）再次强调了这点：“人们既不是由遗传决定的，也不是由文化决定的。它们是由某种介于二者之间更有趣的环境所决定的。”

“二战”以后，由于意识形态的原因，无论在美国还是中国，人的行为越来越被看作一种社会现象，而非生物现象。社会学家将生物学看作与己无关的“自然科学”，今天依然很少接触生物理论，甚至走向了后现代主义或极端相对主义，被英国学者狄肯斯（Peter Dickens）称为“过度的社会学化”。潘光旦早年的告诫仍然具有现实意义，威尔逊就像他一样批评当代社会学：“在这种复杂性水平的人类社会研究中……它（社会学）企图基本上以最外部表现型的经验描述和孤立的直觉来解释人类行为，而不参考真实基因意义上的进化解释。”

“二战”以后，西方学界有关动物行为的研究突飞猛进，又推动了社会生物学的发展。20 世纪 70 年代后，演化心理学和基因行为学也取得了巨大的突破。这些学科的成果如今已蔚为大观，我国也译介了数量众多的专著和科普读物。与此同时，生物科技日新月异，人类已经能够改变遗传机制本身，有关的技术和伦理问题也越来越受到关注。在新的时代精神下，潘光旦作为中国第一位社会生物学家，其学术思想在中国现代史上的意义理应受到更高的评价，他开创的研究范式也值得后学继续发扬光大，以补充当前社会科学忽视人类生物性的不足之处。

（2019 年 9 月 25 日刊于《中华读书报》）

论世

老之将至，福兮祸兮？

一个世纪前，梁启超写下名篇《少年中国说》。就人口结构而言，他在文中指责的“老大帝国”其实非常年轻。清末全国的人口平均寿命不过三十多岁，“人生七十古来稀”到民国期间依然适用。然而，在过去四十年经历了人口转型的中国正在迈入老龄化社会。梁启超的问题似乎更切合这个时代：“我中国其果老大矣乎？是今日全地球之一大问题也。如其老大也，则是中国为过去之国，即地球上昔本有此国，而今渐澌灭，他日之命运殆将尽也。”未来果真这么令人悲观吗？

老龄化阻碍大国崛起?

去年（2011）四月，长期关注人口问题的美国学者戈德斯通（Jack Goldstone）在《华盛顿邮报》上对中国的经济增长前景作出了悲观预测：由于一胎政策，中国的劳动力规模在未来十年会达到顶峰，而后停止增长，到 2040 年将下降 9%。据联合国人口机构预测，60 岁以上的老年人口占中国总人口的比重将从 2010 年的 12% 上升到 2050 年的三分之一。中国的未来如同 1990 年后的日本——规模缩小，人口老化，一幅夕阳晚景。

戈德斯通等学者将老龄化问题提升到国家竞争战略的高度。

与同为人口大国的印度相比，中国的人口结构不仅老于印度，而且在加速老龄化。所谓的“人口红利”，即高比例劳动力带来的经济增长，中国会很快分光吃净。而印度的劳动力在总人口中的比重将一直增长到 2030 年。德国波恩大学的教授埃里希·威德（Erich Weede）去年在《法兰克福时报》上撰文，即指出“印度的王牌是其年轻而且不断增长的人口。……只有中国变老了，印度的时机才会到来。”

中印“龙象”之争一直是西方媒体的热门话题。无论看好哪国，比较者总喜欢强调某些因素，忽略另一些因素。就人口红利而论，其实每个国家都有机会享受一次，只是时间早晚问题。尽管印度的工作人口较为年轻，占人口半边天的妇女劳动参与率却远低于中国。在 15 岁以上的人口中，2009 年中国有三分之二的女性参加工作，而印度只有三分之一。此外，印度工人的教育程度和健康状况也逊于中国。除非印度能够提高劳工素质，扩大基础设施建设，并开发剩余劳力，否则其人口红利并不会在未来兑现。综合这些因素，兰德公司的研究报告推测，中国至少到 2025 年仍会保持领先印度的优势。

对“老大中国”持悲观态度的人们都太看重人口因素了。中国经济过去并不仅仅因人口红利而增长，未来也不会因这一红利消失就衰退。据哈佛大学公共卫生学院的两位学者估算，人口红利只解释了中国经济增长的 16.5%。中国的增长速度将因人口老龄化而放缓，但并不妨碍它最终成为超级大国。印裔美国经济学家萨勃拉曼尼亚（Arvind Subramanian）在最近出版的《大预测》一书中综合分析了对中国经济前景的种种估量，指出即使考虑老龄化因素，中国的增长率仍将高达 5.5%，并将在 2030 年取得类似美国在“二战”后的全球经济主导地位。世界银行在近期报告中也对中国抱有类似的乐观预测。

中国像一部四引擎拉动的跑车，尽管人口红利渐渐消失，还有教育红利、创新红利和制度红利有待开发。现代经济增长的主要动力并非人口数量，而在于人力资本。有人认为老龄社会不利于创新，因为年轻人的比例在持续下降，而他们才富有创新精神。可就中国的情况而言，由于高等教育普及，更多年轻人能够接触先进知识，创新者的数量不降反增。比如，中国科研人员占全球的比例由 2002 年的 14% 上升为 2007 年的 20%，在此期间美国和欧洲的份额都有所降低。

老龄社会，大势所趋

一个新问题出现后，人们往往首先试图回到过去的状态。在有关老龄化的政策讨论中，有一股强大的声音要求放松生育管制，恢复人口结构。对此我们首先应当看到，老龄化属于发展中产生的问题，而不是发展倒退的问题。经济发展改善了一个社会的医疗水平和营养状况，从而导致大量老年人口出现。

由经济增长引致的老龄化是人类社会的大势所趋。发达国家几乎都经历了生育率和死亡率的双重下降，老年人在总人口中的比重迅速上升。到 2050 年，美国的老年人口占比也将接近 30%。美国学者福山（Francis Fukuyama）曾在其著作中预言，未来人类很可能生活在平均年龄 65 岁的社会里。无论人们怎么看待老龄社会——“夕阳无限好”还是“只是近黄昏”，夕阳大概会一直红下去吧。

应对老龄社会，一个国家的政策选择不外三条——或是鼓励生育，或是吸纳移民，或是提高劳动生产率。在发达国家中，唯有美国能够通过大规模吸纳外来移民，延缓老龄化社会的来临。鉴于庞大的人口规模，中国不可能采取这一策略。

有论者认为，解除生育管制有利于缓解“未富先老”的局面。其实中国的人口老化模式也符合“先富而老”的西方国家经验。2010年，上海、浙江等发达地区65岁以上人口的比重已经超过10%，而青海、宁夏等西部落后地区的老龄化水平只及6%左右。老年人口较多的地区一般劳动力生产率也比较高，“未富先老”的状况并没有那么严重。我们与其费劲心力地退回原地，不如探讨如何适应老龄社会。

中国老人的未来前景

根据上述分析，提升人口素质，提高劳动生产率，才是中国应对老龄社会的唯一出路。依靠制度改革和技术进步，人口红利消失后的中国还有很大的经济增长空间。老龄化并不是十分严重的国民经济问题，而未来老年人的生存境况却是值得关注的社会问题。

美国法学家波斯纳（Richard Allen Posner）曾经撰写过一部研究老龄化问题的著作《老龄与衰老》。老龄不等于衰老，这是两个不同的概念。人口学家曹树基即建议中国建立一套老龄化指标体系。这套体系以老年人的身体状况为依据，而不是仅仅关注年龄。举例来说，如果北京七十多岁的老人比贵州六十多岁的老人平均健康指数更高，那么前者实际的“衰老化”水平就低于后者。这一定量标准比以目前的统计方式更真实地反映了中国的老龄化状况。人口走势不可逆转，我们需要防止国民的衰老化，而不是单纯的老龄化。

健康而具有劳动能力的老年人，不仅不会成为经济负担，而且还会对社会作出相当贡献。关于老龄化的讨论一般都假定老年人不会再从事生产，因此成为所谓的“依附性人口”，较少有人意识到老年人也可以是社会劳动力的来源之一。波斯纳做过“动态智力”和“固定智力”的区分，指出老年人记忆力虽然衰退，但处理纠纷的公正性却胜过年轻人，并非所有的工作都不能胜任。发达国家近年来纷纷提高退休年龄，一方面为了减少养老金的财政压力，一方面也为了利用老龄劳力。让一个步履蹒跚的老人工作，总比让乳臭未干的小孩子工作更容易。

况且，老年人即使不工作，也不等于不劳动。老人们可以在家里为儿女照顾孩子，这样既减轻了儿女们的养育负担，也让老人们在精神上有所寄托。目前中国劳动力异地流动越来越频繁，这自然有助于配置人力资源。可由于户籍制度、住宅政策不配套等原因，老年人常常不得不与子女分居两地，如此前者得不到照顾，后者又不得不忙于家务。进一步松动户籍政策，便利社会福利的异地转移，将有助于促进中国家庭融合。这一模式也将缓解养老金覆盖面不足等问题。

20 世纪 80 年代末，国际货币基金组织曾对日本经济作出乐观预测，该国进入老龄社会后会降低储蓄，刺激消费，拉动经济增长。结果自然不如人意，不过日本今天的确进入了“银发经济”。养老院的普及和护理工的职业增长自不待言，老年人的体育和娱乐用品也开始走俏。在保障基本消费的前提下，政府应鼓励老年人多发展有益身心健康的文体爱好，关注其晚年的生活质量，而不仅仅是延长寿命。早在民国年间，社会学家潘光旦即强调老年人的经济问题固然重要，情绪问题也不可忽视。比如，最近上演的影片《飞越老人院》即反映了老年人“活出味道”的精神诉求。

“老大中国”不见得可怕，如果我们能让老人们拥有幸福的晚年。这取决于我们拥有什么样的老人，拥有什么样的年轻人，也取决于两者之间的关系。

（2012 年 7 月刊于《财经》）

正在发福的中国

“中国没有胖子。”郑也夫教授一边讲，一边笑着摇了摇头。十年前，我选修他在人民大学开设的社会学课程，还记得他兴味十足地讲起国际旅途中的见闻——一位肥胖的美国乘客如何艰难地登机落座。十年后，中国城市里的胖人依然不如美国常见，却也结束了“没有胖子”的历史。

经济史家兰德斯（David Landes）曾言：“穷国的人担心挨饿，富国的人担心长胖。”因此中国人管长胖叫“发福”，管胖相叫“富态”。在美国留学期间，我长了二十磅肉，腰围也增加了两寸。回国后我猛然发现，国人的整体“吨位”都在增长，并非到美国的中国人才会发福。手上这本《富态——腰围改变中国》（下文简称《富态》）就以大量翔实资料探讨了一个“胖中国”面临的种种问题。

为什么人类会发胖？为什么他们不在身材适中的时候停止进食？在大部分历史时期，喜欢美味的饮食偏好对生存非常有利。我们的祖先常常处在半饥半饱的状态中，贮存营养可以克服不时发生的食物短缺。今天丰裕时代已经来临，我们的基因结构却保留着祖先的特征，不能与环境同步改变。于是，食物不再匮乏，人类依然表现出贪吃的劲头儿。

如果我们把人类演化史浓缩成一年，那么短短两百年的工业时代就是迎接新年的晚宴。在这“最后的晚餐”上，人类见证了前所未有的经济增长，这晚餐也就成为真正的盛宴。相比于美国等发达国家，中国由于后发优势等因素，近三十年的发展速度更是前无古人。据渣打银行驻中国的首席经济学家斯蒂芬·格林（Stephen Green）测算，一个当代人在中国过一年相当于在美国过四年。郑也夫那代人对饥荒还有着深刻的记忆，他们的儿孙已经对食物浪费司空见惯了。

可这也意味着中国提早面对了发达国家才有的那些问题。尽管中国的总肥胖率还很低，但这项指标在城市人口中可能已经达到20%。《富态》一书引用有关预测，称中国人将在二十年后达到美国人的“胖度”——每三人中有两位超重或肥胖。据作者估计，2020年中国超重和肥胖人口占总人口的比例将达到45%。这里超重和肥胖是根据国际通行的BMI（体质指数）定义的。将以千克计算的体重除以以米计算的身高，就得到了你的体质指数。如果这一指数在25到30之间，你就属于超重群体；如果大于30，你就属于肥胖群体，要当心了！

在《富态》作者看来，城市化与人口流动正是导致中国人发胖的两大因素。城市生活节奏快，压力大，收入和消费水平都很高。人们在紧张工作之余，很少再有时间参与户外运动，转而偏好闪电约会或夜店生活。这种不健康的生活方式又催生了快餐产业，而很多快餐食品会致人发胖。流动人口在大城市中急剧增加，使人际关系变得淡漠，人们疏于真正的社交生活。他们中的许多“蚁族”挤在狭小的城市空间内，靠烟酒排遣内心的孤寂感。有一天他们会发现，自己已经拥有了啤酒肚。

当然，中国的肥胖问题还有其他重要原因，消费主义和独子政策就是其中两项。《富态》对食品行业铺天盖地的广告持有强烈的批判态度。当谈及中国人的日常饮品为何从不含脂肪的茶水转向富含乳脂的咖啡时，作者的答案非常简单——市场营销。此书还有一章专门讨论中国儿童的肥胖问题。中国的独子生女问题被称为“六兜现象”或“421 综合症”。顾名思义，是指祖父辈和父辈都掏腰包往独子一人身上花，其催肥之功效能不明显吗？

肥胖和吸烟一样，属于自负其责的个人选择问题。如果一个人热爱美食，并乐意付出肥胖的代价，我们有什么理由劝说他节制呢？然而，大部分消费者并不清楚自己享受美餐的后果——如果他们的确清楚，也许在饮食方面会谨慎得多。在今日中国，传染病和营养不良逐渐被高血压、心血管疾病和糖尿病取代。胖人的腰臀比越高，患这类疾病的风险也越大。近两成的成年中国人患有高血压或高血脂，主要城市中糖尿病的发病率也上升到了 6.4%。据美国《健康事务》（*Health Affairs*）估计，2008 年因肥胖造成的经济成本已经占到中国生产总值的 4% 至 8%。

新的富贵病由技术进步引起，部分也可以由技术解决。减肥产品和美容手术能使一个胖人的体型在短期改观；但《富态》提醒读者，这类措施的风险不容忽视。加强锻炼和注重营养仍是较为安全，也更可靠的减肥方式，可很多人不能保证必要的锻炼空间和营养知识。在这两方面政府大有可为，如拓建城市体育设施，或培训大批营养师等等。

《富态》一书在结尾处将肥胖问题提高到了战略高度："只有一个健康的、没有肥胖的中国才能成为强大的中国。"那么，为了中国崛起，让我们一起缩小腰围吧。

（2012 年 7 月 31 日刊于《纽约时报》中文网）

饱汉应知饿汉饥

2017年除夕，联合国的官方微博贴出这样一段文字："亲，年夜饭吃完了吗？一定很丰盛吧！然而，你知道吗？全球现在仍有8亿人每天忍受饥饿折磨。另外，还有约8亿人生活在极端贫困中……"这条微博还配了张图片，图中一个瘦骨嶙峋的非洲孩子无助地躺在地上。很多网友认为，大年夜发送这样的微博不合喜庆的节日气氛。一位网友评论说："中国也只是刚刚好起来一点，（饥饿问题）让世界警察美国去管吧……"

大过年的给人添堵，确实有点不知礼数，联合国官微随后就删除了这条微博。此事却引起了我的思考：非洲饥民的问题，真的不关中国什么事吗？有个笑话讽刺各国学生。话说某国际学校的老师问班上的孩子："你对其他国家的食物短缺有什么自己的看法？"非洲学生问："什么叫食物？"欧洲学生问："什么叫短缺？"美国学生问："什么叫其他国家？"中国学生则问："什么叫自己的看法？"看来，为了有些独立见解，我们也应该关注其他国家的饥饿问题。

这则笑话里并没有拉美学生，现实中却有位叫马丁·卡帕罗斯（Martin Caparros）的阿根廷作家。他力图理解"其他国家的食物短缺"，并将"自己的看法"写成了一部长达五百页的专著《饥饿》。这位作家历时数年，走访多国，包括美国、印度、尼日尔、孟加拉国和南苏丹，终于在 2015 年推出这部纪实作品。此书旨在唤醒人们对饥饿问题的重视，作者引用了一些冷冰冰的统计数字，更着力描绘了几十位活生生的饥民。在卡帕罗斯看来，“饥饿的人是那些一无所有的人中最为悲惨的代表，那些被剥夺了每日吃饱之可能的人，他们连无产阶级都算不上，他们是可丢弃的、多余的人”。

谁都尝过饥饿的滋味，可并不是谁都理解饥饿问题。发达国家已经基本解决公民的食物匮乏和营养不良问题，因此笑话中的欧洲学生会问“什么叫短缺”；在中国等新兴市场国家，营养问题也得到极大缓解，“富贵病”却日趋严重。两位英国作者在《富态》（*Fat China*）一书中指出，尽管中国的总肥胖率还很低，但这项指标在城市人口中可能已经达到两成。不论已经胖起来的，还是正在胖起来的，都可算作地球上的“饱汉”。

卡帕罗斯提醒读者，全世界还存在着八九亿“饿汉”，“每五秒就有一个不满 10 岁的孩子因饥饿而死”。饱汉不知饿汉饥，可白天为何要懂夜的黑？我想研究饥饿问题，首先是为了理解我们自身——饱汉也是饥汉的后代。在人类历史的绝大部分时期，我们的祖先都在忍饥挨饿。工业革命之前的人均生产率如此之低，以至于大多数地球人总是处于半饥半饱的状态。生产率稍微提升一些，享有余粮的人们就会生育更多儿女。较高的生育率很快抵消了经济增长，使人们又回到以前的收入水平，这就是所谓的“马尔萨斯陷阱”。

有点讽刺意味的是，19 世纪初的英国学者马尔萨斯（Thomas Robert Malthus）发现这一规律不久，它就不再起作用了。人类进入了一种新型发展模式，生产率和人口规模同时开始增长。摆脱马尔萨斯陷阱后，很多人并没有在身材适中的时候停止进食。我们继承了祖先喜好美味的饮食偏好，这种偏好有利于在恶劣的生存环境中储存能量，克服不时发生的食物短缺。如卡帕罗斯所说："我们身体运转的原理在那段古老的时期被确定下来……它所带来的焦虑感一直在持续。"今天丰裕时代已经来临，我们的基因结构却不可能与环境同步改变，人类依然表现出贪吃的劲头儿。社会学家郑也夫因而主张现代人的生活方式应当"神似祖先"，通过节食和运动保持身心健康。

再举一例。如果不理解饥饿，我们也不会明白中国的美食文化由何而来。有一年，我陪外宾到北京一家东北菜馆，其中一道菜是"油炸知了"，这些老外无论如何不肯尝一口。为什么中国人貌似什么都敢吃？常见的解释说我国同胞嘴馋，可最早做出油炸知了的人——就像第一个吃螃蟹的人，怎么可能事先知道这是美味呢？北京市社科院的研究员李宝臣提出了更接近历史真相的见解：中国历史上发生过多次饥荒，每次都有人被迫食用以前没人吃过的动植物。经过多次的"活体试验"，以生命和血泪为代价，我们的祖先才搞清哪些动植物可作食材，中国人的食谱也由此变得种类繁多。

有人也许会问，历史上的饥饿帮助我们理解自身，为什么还要关注其他国家的食品短缺？如果你不觉得这是个问题，部分原因在于你和其他国家的人民相隔遥远。可对于很多中国人来说，他们的问题正在变成我们的问题。就拿饥饿最严重的非洲来说吧。近年来，中国与非洲国家的经贸往来倍增，在非洲经商务工的中国人也有几十万。为了促进中非关系发展，中国政府向非洲国家提供了数十亿美元的贷款和援助，非洲的问题也牵涉到中国在当地的海外利益。不论作为投资者还是援助者，非洲国家的食品短缺问题都应该引起我们的特别关注。

中国的高速发展也吸引了大量非洲学生来华学习。我所在的大学开设了全英文硕士项目，每年都会招收五至十名非洲学生。我在教学中深切感到，自己对非洲国家的了解很贫乏。在我课上，常有穷国来的学生将营养不良问题作为论文选题。除了从方法上给予指导外，我很难为他们提供实质性的研究建议。卡帕罗斯以一种讽刺甚至愤怒的口吻，批评了跨国食品公司、发达国家政府和国际援助组织在饥饿问题上的不作为和胡作非为。我怀疑他的一些观点是否有坚实的论据支持，不过至少值得我们进一步思考。至于中国的发展模式是否可以帮助其他发展中国家缓解营养不良，更是亟待国内学者研究的课题。理解饥饿问题有助于我们在一般意义上深化发展理论，这是“饱汉应知饿汉饥”的又一个原因。

联合国的粮食问题专家齐格勒（Jean Ziegler）在《大规模毁灭》一书中指出，“世界粮食总产量可以毫不费力地养活 120 亿人，这一数字几乎是当今世界总人口的两倍”。可见饥饿问题不患寡而患不均。20 世纪 90 年代，埃塞俄比亚的粮食产量连年增长，成为非洲第二大产粮国。可由于战乱破坏了交通线，粮食无法运输到某些地区，那里的人们仍在忍饥挨饿。印度经济学家阿玛蒂亚·森（Amartya Sen）和德雷兹（Jean Dreze）的专项研究发现，饥饿问题对不同群体的影响差异很大，社会底层的弱势群体最容易受到冲击。因此一旦粮食价格上涨或食品贸易受阻，这些群体挨饿的可能性远大于其他阶层。《饥饿》一书就是要为这些饿汉呐喊：这个世界还没有解决他们的问题。

饥饿问题的种种成因非常复杂，解决方案也需要多方协调，但这并不是我们袖手旁观的理由。世界发展经济学研究所的贾亚瓦迪那（Lal Jayawardena）在《饥饿与公共行为》一书的序言中强调：“根除全球饥饿的任务如此重大，以至于不能将其完全留给政治家；它如此急迫，以至于不能将其完全留给理论家；它如此复杂，以至于无法将其完全留给人类的同情本能。”我们当然不能将饥饿问题完全交给人类的同情心，可同情心依然是我们关心其他国家人民的心理基础。毕竟，人类的祖先依靠同情联结起来的纽带，才能在漫长的历史进程中抱团战胜饥饿。这是饱汉应知饿汉饥的最后一个理由。

（2017 年 11 月 17 日刊于《南都观察》）

创意阶层在哪里兴起?

苹果电脑公司的创始人乔布斯（Steve Jobs），出道前在美国旧金山当过一段嬉皮士。20世纪六七十年代，旧金山曾是反文化运动的大本营，也是后来硅谷高科技产业区的孵化器。由叛逆青年变为时代先锋，由反对主流的堡垒走向引领时尚的前沿，这种人物和城市的身份转化是否暗含着某种内在逻辑?

城市和人一样，各具性格抱负。笔者2006年访问澳洲，只见布里斯班悠闲雅致，平静安逸，如小家碧玉般玲珑可爱；悉尼则不修边幅，落落大方，宜豪杰志士闯荡江湖。人们谈论起每座城市的特色，几乎和他们评价每个人物的秉性一样兴味浓厚。媒体每年都会推出根据各项指标排列的城市排行榜。市政领袖们根据这些指标争相提高自己城市的竞争力，就像武林高手为争夺江湖排名而论剑华山。

不过，区域经济学家们感兴趣的并不是城市竞争指数的单项罗列，而是各项指数之间的内在联系。1998年，卡内基·梅隆大学的教授佛罗里达（Richard Florida）正在进行关于美国高科技产业分布的研究。尚在该校撰写博士论文的盖茨（Gary Gates）则忙于统计美国的同性恋人口。某日，经系主任介绍，两人坐到一起聊天，佛罗里达拿出一份按高科技产业发达程度排名的美国城市榜单，盖茨也拿出一份依同性恋人口密集程度排名的城市榜单。两人惊奇地发现，两份榜单中的城市高度重合！换句话说，高科技产业发达的地区，男女“同志”们相对也比较多。

为何高科技城市偏爱同性恋？在社会科学领域，相关系数达到 0.3 已经不算低了，而佛罗里达和盖茨发现，以美国城市为研究单位，20 世纪 90 年代高科技发达程度与同性恋人口集中度的相关系数在 0.4 至 0.6 之间，这很难说这是巧合。是不是同性恋的智商高人一等，容易在科技产业中胜出？笔者尚未见到表明同性恋比异性恋聪明的实证研究，倒有不少证据指向同性恋者的文艺天赋。何况，在同性恋集中度最高的旧金山，同性人口占该市居民的比例尚不到一成，远远构不成硅谷科技人才的主流。

佛罗里达因此猜想，高科技与同性恋之间的联系并非因果关系，而是出于某一共同因素。他颇具洞见地指出，如果说有什么能将这两者都吸引到同一地区，那便是城市的宽容环境。看过《断背山》的朋友都知道，一直到 20 世纪 60 年代民权运动爆发之前，同性恋在宗教气氛浓厚的美国一直是头等社会禁忌。性革命之后几十年，环境虽然比以往宽松许多，但由于右翼保守主义的回潮，与同性恋有关的议题又成为社会争议的焦点。随着意识形态两极化，美国各大城市也逐渐形成了或自由或保守的“性偏好”。在纽约的曼哈顿区，你会看到《欲望都市》（*Sex and City*）中的场景：一对男“同志”相互搂抱着招摇过市。在传统的南方城市里，同性恋者则很少敢于公开自己的性取向。如果一个成年人总是找不到性伙伴，或者找到了也只能担惊受怕地过把瘾，他/她在这种地方憋久了一定想搬家。美国又是内部迁移率极高的国家，此处不留爷，自有留爷处，同性恋者自然有机会就会搬到那些乐意接受他们的城市。

那么，硅谷英才们为什么也喜欢宽容无拘的气氛？众所周知，这些人尖子能在龙虎之地混出名堂，必定有过人之长；众所不知的是，这些人尖子大都也具有异于常人的怪癖。美国人戏称硅谷的科技人才为“Nerds”，意指那些不喜社交，一味钻研某种技艺的怪人。有些“Nerds”在学校里连女朋友都找不到，挣到大钱才变成“钻石王老五”。这种人或许能够创造大笔财富，却不是那种讨人喜欢的好邻居。也只有在硅谷这种地方，他们才能够获得别人的赏识和承认，与志同道合的伙伴共同奋斗。这里的人们既然都有些怪癖，大家彼此见怪不怪，也就习以为常了。而经过反文化运动洗礼的旧金山恰恰是美国最宽容的城市，乔布斯们和同性恋者聚集于此也就不足为怪了。

宽容吸引人才，人才创造科技，这就是佛罗里达在他的成名之作《创意阶层的崛起》中提出的“三T理论”（talent，technology，tolerance）。此论一出就引起了北美区域经济学界的关注和争论。笔者2007年5月在温哥华参加关于太平洋区域经济的一次国际会议，会上至少有十位学者大量引用了佛氏的创意阶层理论。依佛氏的定义，创意阶层是指工作中包含较多创造性成分的群体，比如科学家、工程师、艺术家和娱乐业工作者。会计师、医生和律师这类传统的白领工作也包括在内，因为他们的工作也需要创造性地运用一套复杂的符号体系。

以往主流的区域经济理论强调城市吸引企业的重要性。企业在某地投资会创造就业机会，寻找工作的人们跟着搬进来，地区才会蓬蓬勃勃发展起来。佛罗里达则强调“以人为本”。在“创意经济”时代，城市需要致力于吸引和保留大量“创意阶层”，这些人才点子颇多，他们自然会想方设法兴办企业，带动就业和经济增长。那么如何才能吸引人才？佛氏认为，高工资和低物价水平并不像人们想象的那么重要，因为创意阶层更看重新鲜惬意的城市体验。他们宁愿为这种生活支付高额代价，也不愿意搬到廉价而乏味的地区。因此，佛氏建议城市管理部门开发市内的自然和人文景观，以丰富城市的外在魅力；修筑自行车道和小型球场，而非大型体育场馆，因为创意阶层更喜欢参与式的体育运动，而不是坐在看台上喊“加油”；他还建议兴建咖啡馆和小型剧院等文化设施，这有助于生活在“半匿名”社区的创意阶层积累社会资本。

佛罗里达提出创意阶层理论之后，不少学者在欧美各地进行了数项实证研究，都得出了类似的结论。当然也有不同观点。哈佛大学经济学系的格雷斯（Edward Glaeser）重新检验了佛氏的数据。他发现抛开旧金山和洛杉矶两个显得例外的偏值（outlier），同性恋人口和高科技产业的相关性并不那么显著。而威斯康星大学麦迪逊分校的派克（Jamie Peck）则不客气地批评道，佛氏的政策建议实质上代表了那些持有新自由主义价值观的科技新贵们，而不顾及城市中下阶层的需要。根据笔者自己对美国技术移民分布的研究，即使在发达国家，佛氏的理论也只适用于本土出生的创意人才。美国的高学历移民对价格指标高度敏感，他们仍然倾向于搬到相对购买力更高一些的城市，为儿女打工攒钱。而衣食无忧的美国大学生们尚无经济压力，他们才有条件全凭自己的喜好选择居住的城市。

争议还在继续，可以肯定的是，佛罗里达已经开创了一片区域经济的全新研究领域，并且预示了新经济活动范式的到来。人类从采集狩猎社会转入农业社会之后，安土重迁的生活一过就是几千年。以工业化和城市化为标志的现代社会转型将人类从土地的束缚中解放出来，推动了从乡村到城市的大规模移民。而以“后工业”或“创意社会”为标志的后现代社会转型，可能再一次将人类从城市的定居状态中解放出来，转向游走于都市之间的迁移生活。

万类霜天竞自由。在全球化时代，可供创意人才选择居住的城市越来越多；另一方面，社会地位的象征物也不再仅仅是经济收入和政治权力，有志青年完全可以在科学、文艺和娱乐等诸多领域一显身手。这两种趋势为城市的多元化和特色化提供了更多可能。创意人才在城市之间的迁移也会逐渐从外在的经济驱动过渡到内在的心理驱动。他们不再在意月薪多少，更看重才能的发挥和个性的张扬。

欧洲中世纪的谚语说：“城市的空气使人自由。”同性恋者和各种各样的“怪异”人士来到城市，他们呼吸着自由的空气，也使城市的空气更加自由。佛罗里达这样解释他为何选用同性恋人口密度作为衡量城市的宽容指数：“一座城市连同性恋都可以接受，还有什么不能接受的？”一次，笔者与一位美国朋友聊起如何才能创建另一座硅谷。他半开玩笑地说："嬉皮、同性恋和高科技（Hippie，Homosexual，High-tech），一个都不能少。"我们不妨将他的说法称为"三 H"理论吧。

（2007 年 12 月刊于《书屋》）

重点大学招生应该照顾贫困地区吗？

近年来，教育公平问题持续引发社会关注，多所重点大学出台了针对农村贫困地区考生的专项招生计划，实行单设批次和单独划线。这一录取政策的招生力度逐年扩大，从起初全国每年一万名指标，上升到2015年的六万名，人为地提升了农村学生在重点大学的比例。在《应试教育是寒门子弟的福音吗？》（以下简称“杨文”）一文中，教育学家杨东平力挺这一举措：“改善弱势群体的高等教育机会，主要不是让他们与优势阶层‘公平竞争’，更不是强化应试教育，而是通过法制和国家的力量，实行强有力的补偿政策。”

城乡教育差异的根源在那里?

在“补偿政策”的支持者看来，弱势群体在大学生中的比例上升，就意味着教育公平得到改善。最近二十年，中国在这方面取得了长足的进步。杨东平承认：“在90年代末大学扩招之后，农村学生上大学的比例的确明显提升。1989年农村学生的比例为43.4%，2003年农村学生与城市学生的比例持平，2012年农村学生比例已经达59.1%。”考虑到中国城乡人口结构的变化，这一趋势就更为明显。

中国农民的身份并不是固定不变的，城市化进程本身就会导致农村生源减少。据《中国统计年鉴》，从 1989 年到 2012 年，全国农村居民的比重从 73.8% 下降到了 47.4%。另据清华大学中国经济数据中心发布的一份城镇化调查报告，2013 年非农户籍（也即城镇户籍）人口仅占全国人口的 27.6%，农村户籍人口接近四分之三。也就是说，有相当数量的城市常住居民持有农村户口。他们在生活上属于“城里人”，身份上仍是“村里人”。

不论相对于农村居民还是农村户籍人口的比重，中国高校中六成的农村生源都很可观。再来看一下城乡考生的数量变化。在前教育部学生司副处长苟人民的论文《从城乡入学机会看高等教育公平》提供了 1996 年到 2005 年的全国数据。在这十年间，农村户籍的高考报名人数由 152 万上升到 483 万，在 2005 年占到所有考生的 45%。农村生源的录取人数则从 51 万上升到了 304 万，占到所有高校新生的 43%。也就是说，早在十年前，农村考生的录取率（63%）已经很接近城市考生（68%），今天甚至可能已经超过了城市考生的录取率。另据上海学者胡瑞文的研究：“扩招前的 1998 年，农村青年入大学人数为 40 万人，占当年招生总数的 35%；而扩招后的 2004 年，农村青年入大学人数为 230 万人，占当年招生总数的 51%。在短短的 6 年中，不但农村青年入学增加了 4 倍多，而且还第一次超过城市青年的入学人数。”尽管两人提供的数字有一定差异——可能由于统计口径，但都指向了同一趋势。

然而，据马宇航和杨东平合作的研究论文《城乡学生高等教育机会不平等的演变轨迹与路径分析》，城市学生接受高等教育的机会却比农村学生高得多。他们发现："总体上城市学生的高等教育机会是农村学生的 2.56 倍，扩招之前为 2.28 倍，1999 年扩招之后这一差距进一步扩大到 2.77 倍。"既然农村考生的录取率与城市同龄人接近，为何后者接受高等教育机会是前者的两三倍呢？主要原因在于，相当比例的农村孩子在中小学阶段就辍学打工，或者毕业后在外务工了，他们根本就不会出现在高考考场上。

根据上述研究，杨文称："在不区分时间段的情况下，城市小学生的高等教育机会是农村小学生的 3.17 倍，城市初中生的高等教育机会是农村初中生的 2.44 倍，城市高中生的高等教育机会是农村高中生的 1.26 倍。"可见，教育程度越高，城乡学子接受高等教育的机会就越接近。社会学家李春玲在《农村子女上大学难在哪儿？》中也指出："初中升高中阶段是最重要的筛选关口。相当数量的农村家长及其子女在这个阶段决定放弃升入高中进而考入大学的机会，或者选择进入职业高中、中专等职业教育，或者干脆离开学校外出打工。"

高等教育的城乡差距为何很大？根本原因很清楚——问题不在高校录取环节，而是因为大批农村学生未能进入高中，农村贫困地区更是如此。由美国斯坦福大学等机构发起的农村教育行动计划（REAP）旨在为中国教育、健康和营养政策制定提供决策依据。该项目研究团队展开了八次大规模调查，结果发现 2013 年农村贫困地区仅有 37% 的学生完成了高中阶段的学习。扩大这些地区的招生名额——就像中国重点大学正在做的，只会惠及三分之一多点的农村考生。我们可以推断，能上得起高中的孩子，往往来自这些地区比较富裕的家庭，也就是弱势群体中相对不需要被“补偿”的。杨文也承认这点：“当我们说许多贫寒子弟通过应试教育向上流动，反映的只是应试教育的末端和出口，受益的是那些进入普通高中有望升学的学生。”

然而，杨东平依然大力支持补偿政策，李春玲也称赞了当前的做法：“可喜的是，政府与相关部门已经开始行动：今年（2013）5月，国务院常务会议要求，扩大农村贫困地区定向招生专项计划……”她只是在文末提了一句：“我们还期待更多针对农村子女不同升学阶段的相关政策的出台，最终让更多的农村子女接受优质的高等的教育。”对于补偿政策的支持者，这一做法有个现成的榜样国家，那就是美国。在进一步批评贫困生专项计划之前，让我们先看看类似措施在山姆大叔那边的实施效果。

美国的“肯定性行动”

20世纪60年代，西方世界民权运动高涨，政治风潮急剧向左转。肯尼迪总统在1961年发布的一道行政命令中，首次使用了“肯定性行动（affirmative action）”一词，当时只要求雇主在聘用员工时不考虑他们的种族背景。然而，在政治压力下，这一政策逐渐演变成强调“代表性”的硬性配额制。在20世纪70年代初的尼克松政府时期，美国政府的指导方针提出要“实质性地利用少数族群和女性”，将肯定性行动改变成了可以用数量评估的政策方案。

硬性提高弱势群体的比例，录取标准就不得不降低，肯定性行动直接导致了大学生源质量的下降。1988 年，美国《公共利益》杂志了披露了肯定性行动在加州伯克利大学的录取成效：黑人本科生的 SAT（学习水平测验考试，类似中国的高考）平均成绩仅有 952 分，高于全国平均水平（900 分），可远低于该校的白人学生（1232 分）和亚裔学生（1254 分）。2000 年左右，有些美国大学倾向于录取各高中成绩排在前 10% 的学生，而不考虑这些高中的教学水平参差不齐。结果，一些 SAT 成绩在 900 分以下的学生进入了得克萨斯大学，因为他们属于班上前 10% 的学生；而另一些优秀高中里拿了 1500 分以上的学生却得不到录取。

清楚生源下降的后果，杨文仍然这样肯定了肯定性行动：“他们（美国人）采取的是法制和强有力的国家干预，对弱势群体采取倾斜政策予以补偿。在肯定性行动计划实施三十年之后，美国少数民族的处境已有很大改善，受教育机会也大为增加。1997 年，黑人、西班牙裔人、印第安人和阿拉斯加土著人占大学生总数的比重已分别达到 11%、8.6% 和 1%，略低于少数民族人口占总人口的比例，种族关系已不再是美国政治优先考虑的问题。”

人们常常将一项政策实施之后的社会趋势归功于政策本身，而忘记了这种趋势可能在实施之前已经出现了。根据《美国历史统计数据》一书，在 20 世纪 40 年代，美国青年男子在教育方面的种族差异仍然十分明显，25 岁至 29 岁这一年龄组中的白人比黑人平均多受四年教育。到了 20 世纪 60 年代，两者的教育差异已经缩小到不到两年。到 1970 年，这一差距进一步缩小到 0.6 年。也就是说，美国黑人“受教育机会大为增加”，主要发生在肯定性行动之前的岁月里，不应完全归功于这一政策。

中国上不了高中的农村孩子享受不到录取政策优惠，肯定性行动在美国往往也只照顾了中产阶级背景的黑人和女性。据两位学者合作撰写的《美国黑与白》（*America in Black and White*）一书，在补偿政策大张旗鼓的 20 世纪 70 年代，黑人家庭的贫困率仅仅下降了 1%。就算我们将这点完全归功于肯定性行动，也算不上多大政绩。另据高等教育的研究专著《河流走向》（*The shape of the river*），从 1967 年到 1992 年，即肯定性行动计划实施期间，收入最高的两成黑人与同一阶层的白人具有同样的收入增长幅度，而最低两成黑人的收入占比却比底层白人缩小得更快。

杨文称：“‘1990 年代’之后，美国的一些州开始反对和停止这一政策（肯定性行动），认为已无继续实施的必要。”加利福尼亚州在 1995 年禁止配额政策时，这一决定仍然颇受争议，加州为此在第二年还举行了一次公投，有 54% 的该州居民支持禁令。禁止实施后的效果如何呢？加州名校伯克利大学的黑人新生数量明显下降，从 1996 年的 222 人减少到 1999 年的 122 人，并非杨东平所谓“已无继续实施的必要”。然而，加州大学中的黑人学生规模并未受多大冲击，只出现了一成左右的下滑，几年后又反弹回来。推行贫困生专项招生计划之前，中国农村学生的录取状况类似这一后果——他们在重点大学中比例较小，在所有大学中规模庞大。杨东平在上文引用的少数族群数据，正是他们在美国所有大学中的比重。按照他的逻辑，城乡关系也不应当是中国政治优先考虑的问题吧？

何谓教育公平？

当然，杨东平和其他补偿政策的支持者并不满足于农村学生在全国大学生中的相当比例，他们还希望看到在每所重点大学，尤其是北京大学和清华大学，农村生源的份额都反映出农村人口在全国人口中的比例。杨文特别引用这两所顶尖大学的相关数据："北京大学农村学生的比例在 1985 年高达 38.9%，2014 年的这一比例为 18.5%，清华大学约为 16%。"这里不讨论北大清华是否能够代表全国重点大学，我们来看看评论家们对教育公平的理解有何问题。

有两种"教育公平"的理念。一种强调分数面前人人平等，而不考虑考生本人背景；一种强调不同背景的考生群体应当具有相同比例的入学机会。显然，补偿政策建立在第二种公平观之上。其支持者并不认为分数面前的个体平等真正体现了教育公平。杨文举例说："一个城市儿童 3 岁学英语，5 岁学奥数、钢琴、舞蹈，小学就出国旅行，而许多农村小学不开设英语，学生没有坐过火车，他们之间的竞争可能是公平的吗？"

我完全承认，这种竞争绝对不公平。就拿我自己来说吧。我出生于一个城市知识分子家庭，从小我的同学就羡慕我成绩好，说我父母会教育人。虽然同在一间教室内，可我那时就意识到，我和其他同学的教育环境存在实质差异。杨东平也观察到这一点：“为什么农村教师的子女往往学习更好、上大学的更多？因为他们家中有书，家长夜夜伏案读书备课，这种家庭环境、家长的文化程度和身教，就是一种‘文化资本’。”考虑到知识分子家庭的孩子起点比别人高很多，不宜和其他学生一同竞争，我建议对他们也实行专项招生计划。把他们单独归为一组划线，肯定会高出一般录取线好几十分，可以抵消了这些幸运儿们的起点优势。不过，他们中间也包括杨东平教授的孩子，我就不知道他乐意不乐意了。

上面我只是用归谬法跟杨老师开个玩笑，历史上美国的大学却真这么干过。20 世纪初，犹太学生由于成绩优异，大批进入哈佛和耶鲁等名校。为了照顾非犹白人的既得利益，这些高校就实施了针对犹太人的限额制，规定只录取有限数量的犹太学生，推行了制度性的排犹歧视。有一本名叫《被选中的》（*The chosen*）的专著详细记录了这段历史。重点大学的教育资源非常稀缺，大学通过配额制照顾农村贫困地区的子女，也就相当于提高了城市家庭孩子的分数线，变相地歧视了他们。

何况，城乡分界只是一种弱势群体的划分标准，此外还有性别、地域、族群、健康程度、父母婚姻状况等等因素。某个具体的考生，按照一项标准划分属于强势群体，按照另一标准划分又属于弱势群体。在现实中，招生官员面对的常常不是杨文例子中两极化的城乡考生，而是一个来自城市厂矿中学从小失去父亲的男生，和一个来自乡镇重点中学家庭温饱尚可的女生。如果两人分数相同，补偿政策的支持者真能确定谁更应当得到照顾吗?

事实上，在美国实施肯定性行动后，很多“弱势群体”，如爱斯基摩人，都要求政策向他们倾斜，尽管这些群体在历史上并没有遭受黑人那样的不公待遇。肯定性行动的覆盖面扩大，结果相互竞争，后来者挤入了最初受惠的弱势群体。20 世纪 70 年代，在这一政策的目标群体中，美国黑人仍然占据三分之二，可二三十年后就降到了一半，这还不包括女性。肯定性行动后来的覆盖面如此之广，以至于美国经济学家索维尔（Thomas Sowell）讽刺道：“加上女性，平权法案其实变成了针对剩下那些没受到照顾的人口的合法歧视，他们大多数是白人男性。”

让教育改革立足现实

尽管补偿政策的支持者强调农村学生面临的种种障碍，但他们坚信一点，那便是与城市同龄人相比，农村学生本身不存在学习能力问题。几年前，专栏作家薛涌曾指出中国大学存在“弱智化”的趋势，随着重点大学的农村学生比例下降，城市生源的平均智商水平变得越来越低。我曾经质疑这一观点，薛涌先生嗤之以鼻——“你有数据吗？”

现在数据终于浮出了水面。上文提到的农村教育行动计划（REAP）通过调查发现，在中国贫困农村地区两岁至两岁半的汉族幼儿中，有一半以上（53%）的孩子智商测试成绩低于 90，而普通人的智商水平在 100 左右。这些农村地区也正是中国实施贫困生专项招生计划的目标区域。参与这一项目的美国斯坦福大学教授罗斯高（Scott Rozelle）表示，儿童到三岁之后智商就很难提高了。他的研究团队在甘肃对13岁和14岁年龄段的少年进行了智商测试，结果发现55%的受试者智商低于90。“弱智化”存在于中国教育的起点，而不是薛涌指向的终点。

不过，毕竟还存在一些聪明优秀的农村学生，难道我们就不能降低标准录取，让他们也接受重点大学的优质教育？美国哲学家罗尔斯的“无知之幕”理论在国内学术界颇为流行。他假设我们在转世投胎之前，完全不知道自己下辈子具有何种身份——性别、种族或是出生地。那么我们应当如何设计这个世界的制度呢？罗尔斯认为，“无知之幕”后面的人类将要求政策首先照顾社会经济地位最低的群体，因为即使我们不幸身为他们当中的一员，依然可以享受到制度补偿。根据这一正义原则，录取制度应当给予农村贫困地区的学生最多优惠。

问题在于，这种补偿政策不仅不利于被歧视的城市人口，也不利于农村学生自身。我们不难想象降低录取标准的结果：受惠于专项招生计划的农村考生都进入了超过他们实际报考能力的大学，这就像在甲级球队里塞进了乙级球队的队员。由于学习能力与学校档次不匹配，配额制录取的学生常常表现得成绩低下，被其他同学瞧不起，甚至毕不了业。20世纪80年代，约有四分之一的黑人学生未能从美国麻省理工大学毕业，尽管他们已经属于黑人中的佼佼者。同一时期，虽然有更多黑人学生进入伯克利大学，可他们中的七成都没有毕业。肯定性行动废止后，黑人学生在加州伯克利大学的毕业率提高了6.5%，而在圣迭哥大学的毕业率从26%上升到了52%。

当然，补偿政策的支持者仍然要为己方立场辩护，他们不得不攻击成绩标准的合理性。杨文大力批判应试教育的弊端，实则借此否定“分数面前人人平等”的教育公平原则。杨东平称：“在90年代末，就有调查揭示，农村学生流失辍学的主要因素，已经从经济困难转为无法胜任学业，最终离开学校。”他还称：“有研究显示，农村学生的高考成绩平均比城市学生低三四十分，这就是在研究型大学农村学生日益减少的真实原因。”尽管杨东平承认农村学生学业表现较差，他却批判教育系统出了问题：“‘分数面前人人平等’的考试只是一种表面的、形式上的平等，无法弥补学生家庭经济社会背景对学习成绩的深刻影响，难以改变农村学生的颓势。”作者的主张很明确——为了改变弱势群体的“颓势”，应当牺牲“形式上”的分数平等。

杨文承认教育改革的多重维度：“现实中，高考制度改革之难，就在于如何平衡选拔优秀人才、保障公平与促进素质教育这样三个不同的目标和三重不同的价值。”然而，在杨东平等补偿论者看来，高考改革主要是个“保障公平”的再分配问题。重点大学的招生名额就像救济粮，应当优先发给弱势群体。他们忽视了高等教育“选拔优秀人才”的重要功能，将补偿政策的代价转移给了全社会。在美国大学法学和医学专业的毕业生中，超乎比例的黑人学生未能通过职业资格考试，白白浪费了宝贵的教育资源。而那些勉强通过考试的“弱势群体”，则降低了整个社会的经济效率。我反对补偿政策，不仅是为了捍卫唯才是举的公平原则，更是为了维护国家民族的整体利益。

悲观的结语

作家刘瑜曾写过一篇《谁有特权上大学》的文章，收录在她的畅销书《民主的细节》中。她在文中介绍了美国关于肯定性行动的政策变迁，认为这体现了“补偿性正义”与“程序性正义”的价值冲突，最后也没有表明她的立场。这种分析貌似公允，实则混淆了一种价值观和实现它的手段。读者可能以为我是“补偿性正义”的反对者，其实我在很大程度上支持这一价值取向，我只是反对通过所谓的“补偿政策”来实现“补偿性正义”。

早在肯定性行动实施初期，耶鲁大学法学院教授萨默斯（Clyde W. Summers）就称这种做法为“一个现实问题的不现实办法（an unreal solution to a real problem）”。他并非反对帮助弱势群体，而是认为这种手段不可能达到目的。补偿政策的支持者们只关注团体平等，忽视了个体平等。他们以为通过专项招生这种配额制便能够实现教育公平，结果却对大多数考生造成了新的歧视，也不利于他们试图照顾的弱势群体。有两个成语很准确地形容了他们的主张——削足适履和揠苗助长。

读者可能会问，什么才是实现补偿性正义的正确做法？答案很简单，我们只需要回到问题的根源。有大量农村孩子辍学，那么就应该改善当地的基础教育；有大量农村幼儿智力偏低，那么就应该改进他们的养育方法。高考改革需要关注起点，从娃娃抓起，而不是在终点折腾大学生们。不过，就像很多政策并非建立在现实的基础上，而是由推行者的政治价值决定，补偿政策也有其生命力。美国的教育史一方面说明补偿政策不可行，另一方面也说明这种政策的制度惯性。针对贫困生的专项招生计划还将持续和扩大，直到有一天国人充分意识到它所造成的损失和不公。

（2017 年 6 月 6 日刊于南都观察）

留学生扩招计划是一场“洋跃进”

最近，网上曝光了山东大学针对留学生的一系列优惠政策和照顾措施，引发了国内广泛的舆论批评。笔者身为北京的大学老师，曾为各国留学生授课六年。在我看来，中国的留学生问题日趋严重，公众的怨气越积越多，迟早会以某种形式爆发，只是没有料到“学伴项目”成了导火索。

十年未止留学潮

一个年轻人来到异国他乡求学，免不了人生地不熟，需要找人帮忙解决生活和学习上的问题。笔者在香港科技大学求学时，该校每年都会接收相当数量的交换学生。科大为了帮助这些学生适宜当地环境，特别组织了名为“红龙（Red Dragon）”的双语交流活动。为了锻炼英语沟通能力，我报名参加了其中一组，还教过留学生打麻将。麻将规则简单易学，一圈下来，有的外国学生已经和了。通过双语交流，大家找了乐子，练了口语，交了朋友，不亦快哉？

学伴制度也一直存在于中国校园，或是校方组织，或是自愿组合。据北大中文系教授夏晓虹回忆，她在 1979 年就被校方抽调充当留学生的学伴。在人大期间，我常看到有中国学生在留学生楼的布告栏贴出海报，希望找个英语为母语的留学生作“语言学伴（language partner）”。山东大学的学伴项目若有助于中外学生彼此交流，相互学习，不仅无可厚非，还值得提倡。可为什么这一项目最近饱受网民诟病，甚至不乏谩骂攻击之辞？

一是有“拉郎配”的嫌疑。我想山大校方并无意充当婚姻中介，只是为了吸引更多志愿者，使用了容易让人误解的“促销手段”。二是一些批评中提到的“超国民待遇”。相对于本国学生，中国高校为留学生提供的优待其实早已存在。20 世纪 90 年代末我在中国人民大学读本科，就参观过同班留学生的两人间宿舍，而我还住在八个人的拥挤房间。不过，那时留学生数量很少，更鲜有人拿中国政府的奖学金，这种差距尚不致引起强烈的抱怨。

然而，最近十年的留学生扩招计划强化了中外学生在各方面的差异，并让这些差异变得更加显眼。2010 年 9 月，中国教育部发布了《留学中国计划》，提出雄心勃勃的战略目标：“到 2020 年，使我国成为亚洲最大的留学目的地国家。……培养一大批知华、友华的高素质来华留学毕业生。”《留学中国计划》还列出了具体的政策指标：“到 2020 年，全年在内地高校及中小学校就读的外国留学人员达到 50 万人次，其中接受高等学历教育的留学生达到 15 万人。”

九年后，教育部已经非常接近，甚至超额完成当年制订的政策目标。仅就学生数量而言，中国不仅成为亚洲最大的留学目的国，也是与英国并列的全球第二大目的国。根据教育部公布的历年来华留学生简况，我国的留学生总数从 2010 年的 26

万人增长到2018年的49.2万人。同期接受学历教育的留学生则从10.7万人增至25.8万人，在2014年就达到了15万人的原定目标。接收留学生的中国大学也从620所上升到了1004所，因此很多校园里都出现了越来越多肤色各异的学生。

虽然留学生在国内高校学生中的比例还很小，其增长速度却远高于中国学生。从2010年到2015年，学历留学生的年增长率均在10%以上，而根据《留学中国计划》的初始目标，这一群体数量的年增长率本应保持在4.7%。一些国家和地区的留学生增长尤其迅速，例如，2015年非洲学生相对上一年的增幅高达20%，虽然他们的总量不过3.5万人，在所有大洲中排倒数第二。在我看来，当前与留学生有关的诸多问题，根本上源于2010年的那份《留学中国计划》。那么，中国为什么要招这么多外国学生呢？

为争排名国际化

《留学中国计划》明确指出，这一政策旨在“落实《国家中长期教育改革和发展规划纲要（2010—2020年）》，加强中外教育交流与合作，推动来华留学事业持续健康发展，提高我国教育国际化水平”。《规划纲要》则为中国高等教育提出了明确的发展目标：“到2020年……建成一批国际知名、有特色、高水平的高等学校，若干所大学达到或接近世界一流大学水平，高等教育国际竞争力显著增强。”

问题在于，是否“一流”并不取决于中国大学，也不取决于教育部的官员，而是由某些国际媒体发布的全球大学排行榜决定的。这些大学排行榜原本为考生择校提供参考，最后却演变成高校改革的权威指南，因为家长和政府都以此衡量本国的大学发展状况。这些国际知名的排行榜往往根据留学生占全校学生的比例衡量一所大学的国际化程度。这一比例越高，该校得分就越高，在排行榜上的名次也越靠前。

例如，QS 咨询公司与《美国新闻与世界报道》合作推出的年度排行榜即包含这样一项指标——大学里国际学生相对于本国学生的比例，并在分值计算公式中赋予它 5% 的权重。一所大学留学生的比例越高，QS 榜单的评分也就越高，而与生源质量无关。于是，在国内一些教育政策制定者看来，扩大留学生招生规模就意味着增强“国际竞争力”，意味着“接近世界一流大学水平”。

这种追求数量的激进政策在“文化大革命”结束后就曾推行过一次。为了加速现代化进程，当时的领导层要求“解放思想”，大力引进国外的先进设备和技术，缩短从谈判到进口再到投产的时间。1978 年，中国在短期内从国外进口了大批成套设备，引进了多种先进技术。结果，这些技术设备超出了中国的外汇支付和产业配套能力，在当年年底引发了一系列经济问题。类似 20 世纪 50 年代末的“大跃进”运动，这一政策失误被历史学家称为“洋跃进”。近年来的留学生扩招政策也属于一场“洋跃进”，只是这次引进的不是外国的设备技术，而是外国人。

有论者认为，留学生扩招政策服务于中国当前的外交战略，背后有着国际关系方面的考量，这一点的确不能否认。例如，为了配合“一带一路”倡议，有些高校加大了针对沿线国家的招生力度。2017 年 5 月，中国教育部负责人就承诺，每年向“一带一路”沿线国家提供一万个奖学金新生名额。在《苏联高等教育国际化大跃进的成与败》中，媒体人王明远介绍了 20 世纪 70 年代苏联扩招留学生的一段历史，指出“苏联高等教育国际化与其全球政治军事扩张方向是高度匹配的，增量部分主要来自亚非拉国家”。作者没有明言中国当前的留学生政策具有类似的性质，我们却不难从中读出类比的味道。

在笔者看来，这次“洋跃进”的主要动力来自加快建设世界一流大学的宏大目标，外交战略方面的考虑只是次要因素。《留学中国计划》制订于 2010 年，早在新一届政府上台之前，更不必说“一带一路”倡议了。“一带一路”沿线国家，如泰国、巴基斯坦和印度，原本就是中国主要的留学生来源国家。根据中国石油大学栾凤池教授的研究，实施倡议后沿线国家生源在来华留学生中的比例从 2010 年的 37.3% 上升到了 2015 年的 46.1%，属于总量增长中的结构性调整。2018 年，有 6.3 万名留学生领取了中国政府奖学金，每年为沿线国家保留 1 万个奖学金名额，也只占其中六分之一。

欲速不达吞苦果

《留学中国计划》的问题不在于目的，而在于手段。就像改革开放之初的大规模进口，中国高校也已经尝到了这次“洋跃进”的苦果。据 2018 年的《来华留学人员情况统计》，在中国就读本、专科的留学生已达 17 万人，还有近 6 万名硕士研究生和 2 万多名博士研究生。这些人都需要安排校舍，解决师资，配备行政管理和后勤服务人员。这一问题在重点大学可能尤其严重。一般来说，中国高校的排名越高，留学生的规模和比例也越大。2010 年，有 3219 名留学生在清华大学就读一学期以上，其中有 2263 人为学历生，留学生规模和比例在当年均居全国高校首位。而在全国排名五十位左右的江南大学，2014 年国际学历生的招生规模仅为 75 人。

为了完成教育部的留学计划，各个大学的招生人员想方设法吸引外国学生前来申请。一些中国高校为此不惜将中国学生赶出宿舍，为留学生腾出居住空间，有时还引发了群体性事件。提供高额奖金学则成为更常见的招生手段。教育部在 2015 年发布的留学生简报中承认：“中国政府奖学金对来华留学的引领作用持续显现，青海、宁夏、贵州、云南、江西、四川和广西等中西部地区和边境省区的留学生规模显著扩大，奖学金对周边国家生源的拉动作用明显。”说得通俗一点，很多留学生拿不到钱，就不来中国了。

为留学生设计的教学项目占用了高教部门相当可观的教育经费和师资力量，可生源质量却不能匹配如此巨大的投入。为了扩大留学生规模，许多大学不惜降低录取标准，让滥竽充数的申请者也混了进来。中国高校招收本国学生和留学生的双重标准由来已久，近年来由于后者大幅扩招，两者差距进一步被拉大。我在北京某名校教过的学生应该属于来华留学生中的佼佼者。其中水平最差的学生若生为中国人，能否考取国内三本的大学，我都有点怀疑。如果校方能够按照相近的标准录取中外学生，是不会出现这种情况的。

中国教育部的领导们很可能了解实情，但是留学计划的工作方针是“扩大规模，优化结构，规范管理，保证质量”。“扩大规模”总是重于“保证质量”的，在2018年中国高等教育学会外国留学生教育管理分会的一次会议上，分会理事长刘京辉就明确表示，只谈质量属于“头脑发热”，“脑子里还是要有数量”。然而，就中国目前的高等教育发展水平而论，国内高校尚不能从其他国家吸引到一流的学生——中国学生还在源源不断地求学于西方国家。教育部的留学生政策本是为了“打造中国教育的国际品牌”，由于重视规模胜过质量，反倒降低中国大学的国际声誉。

因此，中国高校目前实行的留学生扩招政策，是一种“打肿脸充胖子”式的国际化。这种做法不仅减少了中国考生的入学机会，也不利于低分录取的留学生。举例来说，中国某名校的本科留学生占比约一成，这就意味着相同数量的国内优秀学子只能进入差一些的大学就读，而较为优秀的学生便进入更差一些的院校。如果招生政策使用同一标准，这些中国学生本可以获得更好的教育，他们自然会产生不平之感。同时，低分录取的留学生几乎一入校门就进入差生行列，整个学习阶段都面临巨大压力，有些人就自暴自弃了。如果他们进入与自己水平相当的学校，本有可能继续投入喜爱的专业。

除了吸收他国人才的政策目标，扩招留学生常常被认为有助于促进双向的文化交流。引进留学生被认为利于传播中国文化，增强国家软实力。最近中国人民大学重阳研究院发布的报告《培养全球栋梁之才》如此评价了留学事业的贡献："中国70年的来华留学教育事业为留学生生源国培养出一代代优秀学子，成为他们各自国家的总统、总理和各行各业的翘楚、栋梁，进而推动中外关系的发展。"例如，埃塞俄比亚前总统穆拉图就曾在北京大学获得学士学位。不过，目前北大好像也就培养了这一名外国总统。

更具政策意义的问题在于，大部分留学生到底有多了解中国？在华留学生常常生活在较封闭的小圈子里，较少与中国学生来往，这可能也是山东大学等院校组织"学伴项目"的原因之一。近年来，一些具备师资条件的中国高校开办了全英文授课的项目，参加这些项目的留学生并不需要讲汉语，了解中国的语言障碍就更大了。重阳研究院的报告也承认："在实际操作中，复杂的地缘政治环境与民族宗教形势，以及教学设施、师资力量等限制性因素，共同导致来华留学生'知华'培养上的种种不足。"

以历史上的"洋跃进"为鉴，中国不应急着做留学大国，在规模上同欧美争多寡；而应首先发展思想学术，等到拥有一批真正的一流大学，自会有外国学生仰慕而来，那时中国也将真正成为留学强国。

（2019年7月23日刊于"端传媒"网站）

我给留学生上了六年政策课

吾国文明全盛之时，泱泱国风，为东洋诸国所表则。稽之远古，则有重译之来朝。洎乎唐代，百济、新罗、日本、交趾，争遣子弟来学于太学。中华经籍，都为异国之典谟；纸贵鸡林，以觇诗人之声价。猗欤盛哉！大国之风也。

——胡适《非留学篇》

全世界人类的小样本

2012 年初，我从美国留学五年后回到国内，从教于北京师范大学社会发展与公共政策学院（简称“社发院”）。该院开设了全英文授课的硕士生项目，招收各国留学生。我刚来就被安排讲授一门新课“公共政策分析”，前后准备了一年多。这是我独自设计的第一门课，为了找本靠谱的教材，我翻阅了一些政策分析的英文读物，最后选定了美国学者邓恩（William Dunn）编写的《公共政策分析导论》。此书按政策阶段介绍相应的分析工具，也适于其他国家的学生学习。

2013 年秋，我第一次给留学生上课，从此连续上了六年。我教的大部分外国学生，上课不懂装懂，下课也不提问。我自认还算个严师，上到第三年，组织了一次期中考试，发现不少学生连基本概念都没有掌握。为此我反思了自己的教学方法，更换了学生感到陌生的事例，又加入了针对以前内容的复习环节，才增强了一点教学效果。有的学生从网上抄袭了几段文字，直接上交当作业。遇到这种情况，我也严惩不贷。

除了在北师大社发院，2018 年秋，我还在北京大学政府管理学院兼职代课。几年下来，我教过来自近五十个国家的一百多名留学生，并指导过其中十几人的硕士论文。留学生们的国籍遍布各大洲，就像各人种的一个小样本。他们的母国文化与中国有异，不时会闹点笑话或尴尬。

记得东非某生作风剽悍，与老师约谈推门直入，旁若无人。我跟某同事开玩笑说，这是把办公楼当成大草原了吧？拉美的学生则活泼好动，有时尺度稍大了一点。一次学生组织新年晚会，我在抽奖环节拿到巴西某生准备的礼物，打开一看是盒避孕套。我那时还没结婚，心想这孩子真替老师未雨绸缪。去年结课以后，有个西非学生发来邮件，盛赞我的课程质量。我回信表示感谢，她很严肃地回复道：“我们那儿有句老话，送花就要趁人还活着的时候送。”

虽说国际班上的学生肤色各异，信仰不同，我在同他们的接触中更多感受到了人类的共通性。这些留学生来自天南地北，坐到一起却很快消除了交流障碍。每次授课，我会给他们布置一篇学期论文，要求就某个政策问题写份简报。大多数学生都选择自己国家的一项发展议题，比如性别平等、贫困救济、营养改善、毒品管制等等。我从他们的简报中看到了每个国家面临的政策问题，也看到了这些问题的普遍性。学期末所有学生依次演示简报，大家也会分享各国有关的政策经验。他们处于同一个世界，也许没有同一个梦想，可至少认识到彼此相似的处境。

我一面给留学生讲课，一面也从他们那儿学了不少东西。我从小就爱看世界地图，中学的地理课上常常拿高分。当一名非洲学生告诉我她来自“厄里特里亚”时，我才意识到世界上还有我没有听说过的国家。该国紧邻埃塞俄比亚，经过与后者的长期斗争，于1993年宣告独立。我在大学时读过丹麦哲学家克尔恺廓尔（Soren Kierkegaard）的著作，后来见到他的另一译名“齐克果”，只当是归化的译法，听起来像中文名罢了。去年班上来了一名丹麦学生，他也叫“Kierkegaard”。我叫他“克尔恺廓尔”，他没有任何反应。原来“齐克果”才是丹麦语的正确发音，中国译者“望文生音”，为哲人取了个错误的译名。还有一次，一位坦桑尼亚同学说当地农民为了集资，将现金都放到木盒里。我马上问了一句：“为什么不存到银行？”他平静地解释说：“因为没有银行。”当时我觉得自己就像说“何不食肉糜”的晋惠帝。

师夷长技以育夷

社发院的留学生项目全称为“当代中国发展研究”（Development Studies of Contemporary China）。有些课程介绍当代中国，有些课程介绍发展研究，我的课属于后一类。虽说近年中国的发展势头令全球瞩目，但发展研究的学术中心仍在美国和欧洲。我的课程不只使用英文教材，很多案例也来自西方。像我这样有留学经历的老师，其实充当了西方理论的二传手，将在美国学到的知识又传授给其他国家的学生。魏源在《海国图志》中提出“师夷长技以制夷”，我们则是“师夷长技以育夷”。再现胡适在《非留学篇》中所说的“中华经籍，都为异国之典谟”，只有等中国先成为社会科学的学术中心吧。

有时看到美国的学生出现在自己的课堂上，我都会纳闷他们为何要来中国——在本国学习不是更直接吗？后来我发现，这些西方学生大都对中国怀有兴趣，这里的语言、文化和制度都让他们体验到一种真正的异国情调。有些欧美学生虽然不通中文，仍然选择与中国有关的问题作为论文题目。我课上有位华裔美国女生梳理了北京的交通政策，还提出合理的改进措施。另一位英国同学的毕业论文则研究了北京英语培训学校聘任外教过程中体现的种族观念。他们的视角也许仍是西方的，可在新环境中发现了新问题。

相较而言，来自发展中国家的留学生来华的主要目的不是为了解中国，而是要学习先进的理念和技术。胡适认为留学的意义在于“洋为中用”，将外国所学用于中国发展。类似的，非洲留学生在中国学习也是为了“中为非用”，将中国所学用于非洲发展。不过，社会科学毕竟不像物理学那样具有普适性，如果生搬硬套，甚至会产生淮橘为枳的后果。虽说人类具有共通性，可具体的政策实践还需要地方性知识（local knowledge）。

留学生课程让我更深刻地认识到社会理论的适用性。如果说西方理论与中国社会有层隔膜，经过我这种二传手就又多了一层。因此讲课头两三年，我将很多时间用于学习美国和其他国家的政策分析。对邓恩和其他西方学者的著作有些心得后，我上课才觉得腰板挺得直了一些。学生有时向我提问，似乎也能给出让他们满意的答案。不过，自己觉得懂了，并不意味着真懂。我始终有些担心，西方的发展理论通过中国的二传后，转到非洲和其他地区又不知变成了什么样儿。

政策分析课一般都要选取案例讨论，我选取的案例大都来自美国和中国，少数涉及其他国家。这虽然帮助留学生了解中美两国，可他们中的大多数并不熟悉这些案例。一次分析人才外流问题，我播放了马拉维医生流向他国的短片，非洲同学参与讨论的热情明显高涨。可惜我一直没有时间研究非洲国家的政策问题，否则也可以针对他们真正关心的公共事务组织讨论。就像我当年留学时对美国教育的印象一样，非洲学生也会发现我的课程并不能提供他们国家问题的现成答案。

作为一门方法课，我的课程没有将案例局限在某一政策领域，而是从多个维度体现政策问题的复杂性。从种族概念到计划生育，从广岛核爆的伦理考量到留学生食堂的饭菜质量，每学期我会围绕十个左右的大小案例组织学生讨论。我在讨论中尽量保持中立，质疑每个学生的立场，自己决不表态。因为政策分析课程的目标在于训练学生的思辨和表达能力，而不是灌输某种价值观或判断标准。我的一位美国老师曾颇为自豪地宣称，学生永远不能根据她在课堂上的表现猜出她的政治倾向，在这点上我以她为楷模。

在课上讨论过的政策问题中，同性婚姻是学生争论最激烈的话题。欧美学生一般持有宽容的态度，非洲学生则抱着保守的立场。如果不知道他们在争论什么，外人恐怕会以为黑白之间爆发了种族冲突。在欧洲人尚未登陆非洲之前，当地很多土著部落并不排斥同性之爱。基督教在非洲的传播使黑人民族将同性恋也视为“罪恶”，原本信神的欧洲人后来却远离了上帝。当代西方人依然相信自己代表着正确的价值观，虽然他们的观点同殖民时代相比反转了 180 度。被殖民者的后代捍卫着殖民者的传统文化，这多少也有点历史的吊诡。

留学生的数量与质量

我在北师大为三类学生授课：本科生、专业硕士和留学生。每类学生中都存在好学生和差学生，可根据我的观察，最差的学生总在留学生中。每当为水平很差的留学生批改论文，我都会思考一个问题：“当初为什么要招他们？”为了回答这个问题，我追查到教育部制订的《留学中国计划》和国际大学排名的依据，在此基础上撰写了《中国高校扩招留学生的低效与不公》一文。此文被多家媒体转载，引起了很多大学教师的共鸣。

某些西方媒体发布的大学排行榜本是为考生择校提供参考，最后却演变成高校改革的权威指南。有两家国际知名的排行榜以留学生占全校学生的比例来衡量一所大学的国际化程度。这一比例越高，该校得分就越高，在排行榜上的名次也越靠前。很多中国高校据此扩大留学生规模，甚至不惜将中国学生赶出宿舍，为外国学生腾出居住空间。这两年中国公众对留学生扩招的怨声越来越多，已经成为突出的政策问题。

中国的留学生政策服务于国家的发展战略，除了提升大学的国际排名，还有着外交方面的考虑。例如，为了配合“一带一路”倡议，有些高校加大了针对沿线国家的招生力度。这些国家来的留学生被认为有助于传播中国文化，增强国家软实力。可他们到底有多了解中国，也很值得怀疑。虽说我在美国首都待过五年，但生活范围基本不出大学和住所，连华盛顿的黑人都很少接触，更不必说南部的“红脖子梗”和西部的硅谷精英了。可以推想，在华留学生能够接触的群体也很有限。

更严重的问题在于，中国吸引的留学生，其平均质量不仅逊于美国吸引的留学生，而且明显不如中国本土的大学生。我在六年的教学工作中对此深有感触。一般来说，中国高校的排名越高，留学生的规模和比例也越大。为留学生提供的教学项目占用了高教部门相当可观的教育经费和师资，可生源质量却不能匹配如此巨大的投入。我曾接触过一名巴基斯坦籍的硕士生。他为人奸猾，总是应付课程考核，想方设法回国。后来我侧面了解到，此生经营着中巴之间的生意，借留学生身份一边拿奖学金，一边当国际“倒爷”。将教育经费花在这样的学生身上，浪费还在其次，实在不利于中巴友谊。

某名牌大学的留办人员提出，对留学生应当“同等对待，适当照顾，严格要求，加强指导”。“适当照顾”就是降低考核标准，“加强指导”则意味着增加工作量。由于留学生平均素质较差，高校教师不得不多花时间教导他们，其实是将教育负担转嫁到了教师身上。在有些官员的意识中，留学生招生规模扩大就是接近世界一流大学水平，增强国际竞争力的表现。以这一思想为指导，他们确立了“扩大规模，优化结构，规范管理，保证质量”的留学生工作方针。这里“扩大规模”总是重于“保证质量”的，而且“质量”主要指“来华留学教育质量”，即教学质量，而非学生质量。

由于重视规模胜过质量，中国的留学生扩招变成了“打肿脸充胖子”式的国际化，远非胡适描述的“大国之风”。这不仅减少了中国考生的入学机会，长期来看也不利于国内大学提高国际声誉。规模和质量不可兼得，保证生源质量就必须缩小招生规模。根据我的个人经验，每届留学生都会出现两三个很差的学生，学院为了解决他们的问题，常常需要投入不成比例的时间精力。有一年社发院的留学生项目少招了四分之一的学生，我很快发现作业的平均质量提高了，很可能是因为没有录取最差的几名申请者。

2018 年 12 月底，我在北大给留学生上完了最后一次课，这意味着六年的教学工作告一段落。不敢说桃李满天下，但若周游世界，我总还能联系到课上的学生。如果问我的课程对留学生有何帮助，说实话我真不清楚。我只是尽力将自己认为有用的知识传授给学生，具体如何应用取决于他们了。我希望教过的每个学生都能找到值得终身奋斗的价值，让世界有一点不同。至于我自己，也许通过教育他们，已经让世界有了一点不同吧。

（2019 年 4 月 11 刊于“南都观察家”网站）

北大录取低分考生背后的“错配效应”

2019 年 7 月，河南两名低分考生遭北京大学退档，引起了舆论的广泛争议。这两名考生总分分别为 536 和 542，要说也不算低，可考取北大就力有不逮了。不过，为了照顾贫困地区的考生，从 2012 年开始，教育部开辟“国家扶贫定向招生计划”，指定地区的考生报考重点大学可以另外划线，降分录取。

北大今年在河南省的这项招生计划共有八个名额，这两名考生排在最后，比倒数第三低了 100 多分。北大以“入学后可能完不成学业”为由，对其中一人连续三次提出退档要求，并从第二志愿的考生中录取了两人（均为 671 分），河南省教育考试院只好同意。

实质正义

舆论争议的第一个焦点，在于北大的决定是否符合程序正义，也即该校是否有权退档。由于这两名考生的成绩在一本线之上，教育学者熊丙奇据此认定，北大无权减少招生名额：“如果是按 1 ：1 拿学生档案，投档进去的学生，所有条件都符合，可学校却以分数低为由退档，这是违反投档、录取规则的，这也意味着学校没有完成招生计划。”不过，中国教育在线总编辑陈志文则在采访中声称："国家是有招生计划的，但可以不招满，甚至一个不招也没关系。"

细查2019年教育部关于重点高校招收农村和贫困地区学生工作的通知，可以看到如下规定：高校同批次内生源不足时，不得将未完成的专项计划调整为普通计划，应通过多次公开征集志愿方式录取或调整至有合格生源的省份录取。这里的关键在于如何理解"生源不足"，按照多数评论者的理解，既然涉事考生的分数不低于一本的录取线，便不存在生源不足问题，北大就无权退档。北大后来补录了这两名低分考生，也给出了同样的解释：鉴于河南省"国家专项计划"录取工作采取按顺序志愿投档的方式，已退档的两位考生达到了同批录取控制分数线且符合录取条件，应予录取；退档处理过程存在不合规之处，招生办公室的退档理由不成立。在这个意义上，北大的确违反了程序正义。

本文重点想讨论的问题在于，北大的退档决定是否符合实质正义，即它是否具有教育意义上的合理性，是否符合高校和考生的基本利益。国家教育咨询委员会委员谈松华在采访中表示："高校在国家专项计划招生中具备一定自主招生权，但北大以学生高考成绩过低，担心其不能完成学业，显然这个理由不是很充分。"而在我看来，北大招生人员这次很可能做对了，这一决定既符合教育规律，对考生也有好处。

笔者两年前曾撰文指出，由于国际知名的大学排行榜以留学生占全校学生的比例衡量一所大学的国际化程度，中国重点大学据此扩大留学生规模，导致中外学生的生源质量差距越拉越大。教育部制订的“留学中国计划”实质上是一场“洋跃进”，为留学生提供的教学项目占用了高教部门相当可观的教育经费和师资，可生源质量却不匹配如此巨大的投入。

虽然出于不同的政策目标，中国实施的贫困生专项计划也具有与留学生扩招类似的机制和效果。两者都在普通招生计划之外，另辟录取通道，并要求达到一定规模或比例。例如，2016 年的国家专项计划要求向指定贫困地区招生 6 万名，比 2015 年增加了 1 万名。地方专项计划要求各省所属重点高校的录取人数原则上不少于这些高校年度本科一批招生规模的 3%。此外，各重点大学也出台了细则不同的“高校专项计划”，以照顾边远、贫困、民族等地区的优秀农村学生。据 2018 年 11 月中国新闻社的一则报道，通过各类专项计划进入“双一流”高校的学生约为 3.7 万人，占所有“双一流”高校招生总数的 10% 左右。

从事过录取工作的高校教师可能都有这样的体会，那就是生源质量和数量不可兼得。如果想保证质量，就必须控制招生数量；反之，如果扩大招生规模，生源质量必然下降。就像其他宝贵的资源一样，人才的供给也是稀缺的。在每一个省份里，能考高分的学生只有一小撮人，只有他们具备考取北大清华的实力。若给招生政策加上一个限制条件——贫困地区户籍，这两所学校就不得不降低标准录取。

根据网上的招生信息汇总，北京交通大学和北京理工大学高校专项计划可在该校投档线下降低 40 分录取。中山大学和湖南大学声明，只要符合条件的考生达到一本线，即可择优录取，中国人民大学也表示最低可降至一本线。清华大学的“自强计划”之前规定专项考生录取时可比普通线低 30 分至 60 分，今年的降分幅度则未公布，只称“由我校招生工作领导小组确定”。虽然今年北大在河南省的国家专项招生仅有 8 个指标，到最后一名就已降至 538 分，比北大的普招分数线（684）低了 146 分。

制订专项计划时，教育部可能早已预见了降分录取的需要。2019 年该部的相关通知指示，如果同批次内生源不足，未完成的专项计划应通过“多次公开征集志愿方式录取”，或者“调整至有合格生源的省份录取”。在此情况仍不能完成招生计划，则应“适当降分录取”。这里“适当”是很微妙的官方用语，语义积极又不给出明确标准：比普通录取线低 50 分适当，还是低 200 分适当？

错配效应

并非只有中国采取照顾弱势群体的招生政策，美国之于黑人等少数族群，印度之于种姓制度下的“贱民”阶层，都长期实施了类似的扶助性措施（Affirmative Action，又译“平权行动”）。针对这类政策的批评意见主要集中于两点。一是无效性，弱势群体中家境较好的成员往往成为这类政策的受益者，而真正贫困的成员享受不到多少好处。例如，中产阶级家庭的黑人学生常因“平权行动”优先进入名校，底层的黑人少年早在中学阶段就辍学了。

根据教育部的规定，国家专项计划的申请者只需具有贫困地区的户籍并在当地高中就读三年，并无家庭或社会地位方面的限制。因此，该计划确保了贫困地区的考生比例，而非贫困考生的比例。清华大学教育研究院的副教授文雯等人研究发现，通过国家专项计划进入某重点大学的“贫困生”超过一半具有城镇户籍，而且往往家庭背景较好，这有违政策初衷。

二是悖谬性。照顾弱势群体的政策本是为了实现“教育公平”，结果却导致了新的不公现象。1978 年，一名叫巴其（Allan Bakke）的白人男子申请加州大学戴维斯分校，结果两度遭拒。由于戴维斯分校录取了学术背景逊于他的黑人学生，巴其愤而控诉该校的招生政策偏向少数族群，违反了美国宪法。官司一直打到最高法院，最后最高法判决加州大学录取巴其，以后不得使用以种族为基础的配额制。中国的贫困生专项计划也存在类似问题：有人以 536 分入读北大，而不少考了 600 多分的学子却未进入该校，他们自然有所不满。虽说前者出身贫困地区，可弱势群体并不限于这些地区的居民。贫困出身是否应当作为录取依据，也没有取得社会共识，仍是个值得辩论的政策问题。

这里笔者并不想过多阐释以上两种反对观点，而是要探讨北大招生人员的退档意见：“（该生）高考成绩过低，据我校教学强度，若录取该生，考生入校后极有可能因完不成学业被退学。本着以人为本，为考生负责的态度，特向贵办申请退档。”有论者认为，北大退档并不是为了考生，而是要维护该校的颜面。即便如此，招生人员仍然指出了一条重要却被忽视的教育规律——错配效应（mismatch effect）。

笔者目前从事教育行业，虽称不上老教师，可工作也有些年头了。我的教学经验之一，就是讲课速度不能太快——只有好学生能听懂，也不能太慢——让差生拖后腿，而应适应多数中等生的接受水平。因此，一个班里学生的素质越是相近，教学效果就越好，否则就有人嫌讲得太快或太慢。若把能力一般的学生硬塞进平均水平较高的快班，这个学生很可能跟不上老师的讲课速度，这就是“错配效应”。将原本考不上北大的贫困生送进该校，也具有类似的效应。据《中国经营报》报道，北大一位多年负责高考招生的老师反问记者：“（河南考生只有）530多分，来了（北大）之后能跟着680、690分的学生一块学吗？”

有的读者可能会说，这道理虽不假，可只是老师们的经验之谈，可有严谨的学术论证？美国学者桑德尔（Richard Sander）就对平权行动进行了深入的实证研究，他同记者泰勒（Stuart Taylor）一起，在2012年合作出版了《错配》（*Mismatch*）一书。桑德尔在长期的教学生涯中发现，班里的差等生大都是通过平权行动进入大学的黑人和拉美裔学生。因为学习能力逊于普通学生，他们的学习动力和自信心在入校后很容易持续跌落，轻则影响学业，重则不能毕业，有些学生甚至因此改换专业。根据两位作者的细致分析，“错配效应”可以解释黑人和拉美裔学生拿到理工科博士学位的比例为何如此之少，以及法学专业的黑人毕业生通过律师考试的成功率为何远低于白人同学。

桑德尔原本是平权行动的支持者，他认为围绕这一议题的正反方各有其值得捍卫的价值。问题在于，在大学录取中照顾低分考生，这样的做法现实中是否行得通？他与泰勒的调查发现，平权行动本是为了帮助少数族群取得更高的经济和社会地位，反倒对这些“受益者”的职业发展造成了很大伤害。在个体层面，由于大学在招生时特意考虑种族背景，少数族群的学生进入了超过他们实际报考能力的学校。他们的入学成绩低于普通学生，不少人在班里成绩垫底，面临着巨大的竞争压力。在群体层面，同等背景下优先录取少数族群学生，给人们留下了这样的不良印象，即有色人种不是靠真才实学进入名校的，而是沾了政策倾斜的光。即使他们像奥巴马一样从哈佛大学毕业，其学位的含金量也打了折扣。为消除这种偏见，有些黑人教师和学生也反对照顾自己种族的平权行动。

平等主义

类似美国的平权行动，中国的贫困生计划也可能产生错配效应。这些计划的执行力度越大，错配效应就会越显著。据2017年的一期《中国新闻周刊》报道，通过国家专项计划和“自强计划”进入清华大学的学生，虽以低于正常录取分数线的成绩进入该校，但之后的经历却没有想象中那样美好：有人无论怎样努力都跟不上学习进度，开始变得消极厌学；有人因为不适应大学的生活而感到孤独迷茫、沉默寡言；还有人甚至因为压力过大患上了强迫症。

清华大学的“学生学习与发展指导中心”曾调查过该校工程物理系的学生，结果发现近60%的贫困生“学习跟不上”，而只有约30%的非贫困生存在这一问题；近半贫困生存在自卑情绪，而带有这种情绪的非贫困生不到20%。

根据北大招生人员退档的理由，我们可以猜测，北大也已经发现贫困生，尤其是分数最低的学生，存在类似的问题。国家专项计划让重点大学的招生工作陷入了两难：录取低分生则面临错配效应，不录取则完不成招生计划。教育学者熊丙奇虽然批评北大退档违规，可他也承认通过各类专项计划进入高校的学生，有些“确实存在跟不上的问题”。他提出的解决方案是让高校加强对专项生的适应性教育，其实将错配效应的代价由考生转嫁给了校方。

类似留学生扩招的录取机制，贫困生专项计划也人为地设置了双重标准，拉开了贫困地区生源与普通生源的分数线，造成了性质相同的不良后果。极具反差的是，笔者对留学生政策的批评颇受读者欢迎，而剖析平权行动的文章则遭受冷遇。这背后的原因恐怕在于很多人对阶层分化的不满和他们持有的平等观念。例如，华东师范大学历史系的许纪霖教授在一篇文章中就强调，高考制度要给予贫困家庭子女“往上流动的希望”，为此抬出了美国政治哲学家罗尔斯（John Bordley Rawls）。根据罗氏提出的“差异原则”，一个公平的社会应当对弱势群体给予“补偿”。无独有偶，西南财经大学经济学院的袁正教授在最近的评论文章中也指出，北京大学补录两名考生，属于“正义之举，回归到了罗尔斯主张的正义原则”。

类似的观点似乎成了当前中国主流的正义观：分数标准只是为了选拔人才提高“效率”，照顾弱势群体的招生项目才出于“公平”原则。人们也许忘记了，四十年前中国恢复高考，正是为了实施一种基于能力标准的公平理念。今天，这种理念日益受到罗尔斯式的平等主义挑战，后者倾向于将平等看作公平，将差异视为问题。早在20世纪20年代，学者潘光旦就讥讽过这样的平等观："提倡教育机会平等者，其目的如在减少人类之不平等，则诚不免心劳日拙矣。"

在平等主义逐渐取得主导地位的社会里，人们越来越不敢批评平权行动这类政策，害怕背上"政治不正确"的骂名。《错配》一书的副标题便是"平权行动如何伤害了它想要帮助的学生，以及为何美国大学不会承认这点"。桑德尔的实证研究发表后，受到一些学者不公正的批评；另一些学者虽然承认错位效应存在，却担心揭示这些事实不利于推广平权行动。尽管美国很多大学都在招生时照顾了少数族群背景的学生，却很少有大学愿意公开相关的学业数据。

2015年，清华大学跟踪调查了首届"自强计划"招收的学生，结果发现其中17%的学生成绩排名在本院系的前20%，56%的学生排名在本院系前50%，24%的学生则排名在本院系后20%。虽然这些贫困地区的学生在优秀生中的比例略低，在差等生中的比例略高，相差尚不算悬殊，清华校方由此得出结论——"（专项生）入学后的发展整体情况不错"。

不过，就像各省分数线不同，贫困生的录取成绩也存在相当差异。考虑到有些省份的贫困生考分远高于其他省的普通学生，既有的分省招生政策很可能遮蔽了贫困生专项计划的错配效应。中国教育界应当系统地研究包括专项计划在内的各类扶助性招生政策，并向社会公布调查结果。

笔者在上文提道，北大的退档决定很可能是符合实质正义的。说“很可能”，因为现实中总存在其他情况，比如考生高考发挥失常或日后潜力爆发。不过，就统计性的教育规律而言，北大退档低分考生，至少可以使他们避免承受“错配效应”的后果。一个社会应当对其弱势成员予以照顾，同时也应讲求方式和方法。如果超出一定限度，不仅浪费了宝贵的教育资源，也不利于弱势群体自身。

国务院下发的《关于深化考试招生制度改革的实施意见》确实计划“增加农村学生上重点高校人数”，可它同时也要求“遵循教育规律”。从其他国家的经验来看，贫困生专项计划如果不规定招生分数下限，强行要求达到某一比例或数量，很可能导致揠苗助长式的负面效应。北大这次在退档后，从第二志愿的考生中录取两名高分考生，属于更符合教育规律的做法。

最后再讲个故事。巴其申请遭拒的加州戴维斯分校曾经录取过一位名叫查维斯（Patrick Chavis）的黑人学生。他就读于该校医学院，毕业后返回黑人社区行医，被很多美国人称为平权行动培养的模范人物。可在1997年，加州医学委员会（the Medical Board of California）终止了查维斯的职业资格，并在一年后吊销了他的执照，因为他被评定为医术不精，甚至可能治死了一名病人。这也许是个极端的孤例，不过每个人都有可能承担平等主义政策的后果。

（2019年8月16日刊于“南都观察家”网站）

代后记　自得其乐的奥秘

我有一位朋友，在高校教书，专业是哲学。他不爱写论文，自称“述而不作”，这在今天的大学里可不好混。可他也不在乎，职称到讲师就满足了。他的课讲得很精彩，被学生评为优秀教师。课下他喜欢下棋，出过一本棋类教材。他还长于台球运动，每周都去玩上半天。他看上去挺另类，可也结了婚，生了孩子。我见过马云，也见过比尔·盖茨，两人脸上都不时露出幸福的微笑。可这位朋友，却是我见过的最快乐的人。

心流体验与快乐

我曾看过一部美国纪录片，记者在片中采访了背景不同的人，只问一句话：“你认为人生的意义是什么？”十个人中九个人的答案都是“快乐”。还有一位知识分子模样的女性，想了想说：“思考什么是更美好的世界，以及如何实现它。”最后这位的答案貌似深刻，不过我想她也同意，更美好的世界至少是更多的人感到快乐的世界。

正如《发现心流》的作者米哈里·契克森米哈赖（Mihaly Csikszentmihalyi）所言：“快乐是正面情绪的原型，亚里士多德之后的许多思想家都说过，人类的所作所为，最终都是为了追求快乐。我们之所以想追求财富、健康或名声，都是为了借此得到快乐。然而，追求快乐也不是因为它可以带给我们其他好处，因为快乐本身就是目的。”问题不在于为什么要追求快乐，而在于如何获得快乐。

过去几十年，快乐程度逐渐成为经济学家关注的对象，研究国民幸福指数的论文逐年增多。有一项发现一再得到学术界的确认——收入上升到一定程度后，再增长对快乐就没什么影响了，亿万富翁也只比普通百姓快乐一点儿。《发现心流》引用的历时性研究发现：“1960—1990 年，当美国的个人收入节节上升超过原来的两倍时，声称自己非常快乐的人的比例仍稳定在 30% 的水平。”古希腊哲人伊壁鸠鲁早就指出：“当身体的由于匮乏而产生的痛苦全都被消除了以后，身体的快乐就再也不会增长了，只能在种类上变换花样。”

物质上的匮乏解除后，我们在心理层面的幸福感就取决于自身潜力的开发程度。契克森米哈赖强调：“如果一个人不能设定生存目标，不能充分运用心智，他所获得的美好感受不过只是人类潜能的一小部分。”作为美国著名的心理学家，他曾见过不少位高权重的政商人士，以及杰出的科学家和艺术家。然而在他看来，这些人的生活虽然美满舒适，却没有一位过得比乔更好。乔是一家铁路车厢装配厂的维修工人，他的社会地位虽不高，可常常获得一种“心流”体验。

“心流”（flow）是契克森米哈赖提出的心理学概念，它指的是“许多人形容自己表现最杰出时那种水到渠成、不费吹灰之力的感觉，也就是运动家所谓的‘巅峰状态’、艺术家及音乐家所说的‘灵思泉涌’”。中国读者最熟悉的例子莫过于庄子笔下的庖丁，他将屠宰术上升到了乐舞的境界：“手之所触，肩之所倚，足之所履，膝之所踦，砉然向然，奏刀騞然，莫不中音。合于《桑林》之舞，乃中《经首》之会。”

在日常生活的很多活动中，我们的心（heart）、意（will）、念（mind）处于分离状态，甚至相互抵触。想做的事、该做的事和正做的事不是一回事儿。而在心流体验中，人会全身心投入某种活动，欲望、意图与思绪协调一致，充满了和谐顺畅的精气神。在这种巅峰状态下，“自我意识已消失不见，但感觉却比平日强烈，时间感也有所扭曲，只觉得时光飞逝，瞬间已过数个小时。”美国诗人马克·斯特兰德（Mark Strand）在谈到自己的心流体验时说：“当你沉浸在工作中，你便失去时间感，完全出神，全副精神都贯注在所做的事情上……当你将某件事情做得十分出色时，你会有一种难以言喻的感觉。”

我在人民大学读书那几年，常常找校内一位师傅修理自行车。他看上去六十上下，头发掉光，还瞎了一只眼。他住在一间狭小的修车棚内，没活儿干的时候就看一台黑白电视，哼唱几句京剧。每当学生找他修车，这位师傅就来劲儿了。他一眼就能诊断出机械故障，飞快地摆弄工具，让单车重新运转起来。他就像机车维修工人乔一样，能够从工作中获得自得其乐的心流体验，既维持了生计，也解决了别人的问题。我在本文开头提到的那位教师朋友也属此类，无论教书、下棋还是打台球，他都能进入一种近乎庖丁解牛的境界。

心流体验是否伴随着快乐？处于心流状态时，我们并不觉得快乐，此时神智专注，注意力都集中在活动上。歌手唱到高音区时，还要分心感受快乐，很可能就会跑调。可完成任务后，我们回顾刚刚发生的一切，就会生出一种充实美满的感激之情，快乐也会发自内心地喷涌而出。快乐取决于很多因素，美味的食物、漂亮的衣饰、健康的身体、和睦的家庭都会给人愉悦感。经常体验心流状态的人未必比其他人更快乐，可他们容易体会到持久的成就感，也更自信和自尊。本书作者指出："光是因为生活过得好而感到快乐是不够的，重要的是，人们还要能在从事有利自身技能锻炼、有利个人成长及发挥潜能的工作时感到快乐。"

契克森米哈赖已高龄八十有三，他是匈牙利人，生长于"二战"时期的南斯拉夫，20世纪50年代末移民美国。少年时代的契克森米哈赖发现，经历战争创伤的成年人很少能重建舒心愉快的生活，于是他开始探索生活幸福的秘密。钻过哲学、艺术和宗教的书堆后，他终于在心理学领域找到了解开谜团的途径。契克森米哈赖终生致力于建立和发展积极心理学，曾任芝加哥大学心理学系的系主任。他最重大的学术贡献就是对心流体验的一系列研究，此外他在认知心理学、创造心理学和发展心理学等方面均有建树。

这本《发现心流》并非学术著作，而是契克森米哈赖写给普通读者的一本自助指南。书店的货架上总摆放着很多自助书籍，教人如何发财致富、结婚生子、运动休闲，其中大部分是基于生活的经验之谈。《发现心流》则建立在作者自己的科学发现上，也结合了他人的研究成果。契克森米哈赖自称："我将以最保守的态度，重新讨论何谓美好人生。既不谈先知预言，也不谈怪力乱神，而是针对日常生活的点点滴滴，尽量寻求合理的证据支持。”

为了搜集心流体验的经验证据，作者在 20 世纪 70 年代创造了一种“心理体验抽样法”（Experience Sampling Method）。研究人员为受试者配备了呼叫器，提醒他们按时填写随身携带的手册。呼叫信号每两小时响一次，每次听到鸣响，受试者就记下当时的心理状态，以及位置、活动和同伴等信息。很多受试者在描述最优心理状态都会说：“仿佛一股洪流带领着我。”契克森米哈赖据此提出“心流”的概念。基于成千上万名受试者的调查数据，《发现心流》提供了很多帮助我们自得其乐的建议。下面谈谈我最有收获的几条。

获得心流体验的门径

有人也许对心流体验的价值仍有疑问。毕竟，父母告诉我们要听老师的话，老师告诉我们要做对国家有用的人，国家告诉我们要遵纪守法。在我们成长的教育环境中，好像没有人严肃地说：“你要自得其乐，才能做个真正快乐的人。”长大以后，我们迫于生存压力，总觉得赚钱最要紧。一位中学同学曾对我说：“我只有挣到一个亿，才能过上惬意的生活。”而且他相信别人也是如此。为了发财致富，我们花在取悦别人上的心思，往往多于花在欣赏自己上的。我们的情绪真那么重要吗？

在契克森米哈赖看来，情绪真实而基本：“就某些方面而言，情绪是构建意识的最主观成分，因为只有你才能判别自己是否真正体验到爱、羞耻、感激或快乐。但情绪同时也是心灵最客观的成分，因为恋爱、羞愧、惧怕或快乐时所体验到的‘衷心感受’，通常比我们对外界的观察，或由科学与逻辑中所学到的一切更为真实。”演化心理学表明，人类的情绪反应像身体器官一样进化而来，帮助我们针对环境采取适应性的行动。有时我们的情绪亢奋，却对自身有害，如吸毒或酗酒。可在大多数时候，快乐本身就说明我们走在适合自己的人生道路上。

我在大学的时候，想赚点零花钱，为书商编过书。所谓“编书”，就是找一些材料剪剪贴贴。这活儿让我挣到有生以来第一个一万元，可我当时并不觉得很开心，因为这份工作本身对我没有多少吸引力。我很快产生了厌倦，那种感觉如此真实，就像捏在手中的钞票一样。我开始意识到，一个人只有做与自己能力匹配的工作才会投入其中。如果不是为生计所迫，外在的报酬是次要的。每个人或早或迟大概都会意识到这一点，契克森米哈赖则将它发展成了一套理论。

想象一张坐标图，横轴代表能力高低，纵轴代表挑战大小。根据能力和挑战的程度，我们可以将所有活动分为八大类，对应图上的八个区域。如果挑战过大而能力不足，人们就会产生焦虑；如果挑战太小能力有余，人们便感到无趣。契克森米哈赖发现，“只有高难度挑战与卓越的能力相互配合，个人的全心投入才可能触发心流，塑造异于平常的体验与感受”。所谓“艺高人胆大，胆大艺更高”，技能与挑战相互促进，逐渐走向游刃有余的佳境。

这里不妨举个我学棋的例子。我六岁跟父亲学习象棋，下到十岁，参加小学象棋比赛，居然拿了全校冠军。当时居民大院的小伙伴们已经不是我的对手。有一次，父亲的朋友把我带到外面与一伙中学生比试，我被人家打了个落花流水，这才知道天外有天。从上大学到工作前，我有十几年几乎没下过一盘棋，因为找不到合适的棋友。即使有人愿意和我下，也难以保证水平相当。直到有一次，我偶然发现某游戏网站可以在线下棋，于是又开始重拾这门爱好。

游戏网站会自动安排对弈双方，可并非随机配对。一位玩家赢的局数多，就可以升级，与水平更高的棋手对阵；反之，输得多，对手的级别也跟着下降。这种规则保证我不会碰到低手，像幼时大院里实力不强的小伙伴；也不会面对高手，像棋力远超自己的中学生。棋艺水平与挑战程度的差距总会保持在较小的范围，我便有很多机会棋逢对手，获得频繁的心流体验。有时升级后，对方的水平高我一点，这时我专心应对，思考新的攻防策略，契克森米哈赖称这种状态为“觉醒”。有时降级后，玩家的棋力又低我一筹，这时我便奋力杀敌，争取晋级后迎接更大的挑战，这种状态被称为“掌控”。心流体验就发生在这两种状态之间。

人人心同此理，参与的活动却可以千差万别，依脾气秉性而定。我那位教师朋友就认为教书、下棋和打台球是最适合自己的工作与休闲活动。当我向他请教生活的哲理时，他引用了一句古老的格言：认识你自己。作为个体，每个人都是独一无二的。若想获得心流体验，首先需要了解自己。有人能从抽象的思考中悟透道理，也有人能从具象的感知中激发灵感。我的一位中学同学很少阅读，在他看来书分两类——“字书”和“画书”，他只喜欢后者。然而，他酷爱美术，不仅当了建筑师，还开办了自己的玩具公司。

契克森米哈赖在书中记叙了一位已经住院十年的精神病患者。医务人员偶然发现她在修指甲的时候出现过亢奋情绪，便找来专业人员教她相关技巧。她学习后为病友修剪指甲，病情也逐渐康复，出院后开了自己的修指甲店。作者还提到一位商人，他发现自己喜欢木工活儿，而时间一天天消耗在办公室。于是他改行当了木匠，搬到山上居住。没有人一生下来就知道自己到底喜欢做什么。要搞清这一点，我想最好的办法就是在年轻时多尝试几种工作，多接触几种爱好，看看什么活动是我们的兴趣所在。

心理学家的研究方法也可以当作我们认识自己的工具。契克森米哈赖建议读者用一周或两周时间，记录自己的日常感受。例如自己什么时候心情最好，什么时候最差？观影时是否像想象中那样兴奋？跑步时是否像预期的那么疲累？一定要记录自己的真情实感，而不是“应该”产生的感觉。对比不同时段的心理感受，我们就可以科学地反思自身，为何心流体验出现在特定的活动和情境中。举例来说，我以前总认为，文章发表的时刻自己最快乐。其实不然，写作的过程最能让我体验心流的畅快。因此我改变了工作流程：不按媒体的需要写作，而是先完成自己想写的题目，等待时机再发表。

心流体验之所以难以获得，很大程度上是因为高技能需要长时段的练习。契克森米哈赖说：“每一项心流活动都需要在刚开始时花些心思，然后才能享受到乐趣。”一般人学习一项技能，总得花费几年，才能达到中等水准，其间又未必能坚持下来。读者也许觉得我的文笔还算流畅，从高中一年级首次发表作品算起，我已是笔龄二十多年的老作者了。在早年练笔的阶段，即使编辑班刊的同学跟我约稿，我也会很认真地撰写和修改。今天我运笔尚能自如，多亏那些年积累的一些词汇和技巧，因此我很赞同书中的建议：“要使先天的才能转变成充分发展的智力，你就必须学会控制注意力。唯有不断投注精力，具有音乐天赋的孩子才有可能成为音乐家，具有数学禀赋的儿童才可能成为工程师或物理学家。要达到专业人士的心智运作水准，需要花费更多心力去吸收知识与技能。”

休闲与爱好的艺术

孔夫子教导我们：“志于道，据于德，依于仁，游于艺。”前三点关乎道德教化，最后一条则提倡在技艺练习中自得其乐。技艺分为两种，用于生产就是工作，用于休闲就是游戏。有些人在工作中就会感到满心欢喜，可以把工作当成游戏。他们一般从事高度个人化的职业，包括艺术家、科学家和企业家。这些职业可以让人自由设定工作目标和任务难度，将工作融入生活，因此很少导致马克思所谓的异化感。契克森米哈赖曾多次访问各行各业的顶尖人才，他最常听到的感受就是：“你可以说，我一生每分每秒都在工作；也可以反过来说，我从未工作过一天。”

遗憾的是，对于世界上大多数人，工作还只是养家糊口的饭碗，而不是自己的志业。尽管他们在完成工作时不见得心情很差，可远不如参与休闲活动的心情愉快。如何在休闲时获得心流体验，也就对提升大多数人的生活品质具有重要意义。契克森米哈赖发现，“如果人们能将空闲时间用于运动、艺术或爱好，便可具备感受心流的条件；如果空闲期间无所事事，人的精神混乱度将大为升高，整个人只觉得懒懒散散，兴趣全无”。

普通美国人将一半空闲时间花在看电视上，其次才是阅读报纸杂志，很少用于艺术和健身等主动式休闲活动。这部分是因为前者的享受门槛很低，后者需要很多准备工作。可多数电视节目喜欢哗众取宠，无助于自我提升，看得时间越久，便越会觉得无趣。这种低技能低挑战的状态被契克森米哈赖称为“淡漠”，人们此时很难产生心流体验。记得我在美国留学时，有一年感恩节连续放了几天假。我下载了几部经典电影，准备好好享受一番，结果看到第三部就看不进去转头工作了。德国一项研究也发现，看书越多的人，心流体验也越多，可看电视多的人正好相反。

现代生活的节奏紧张，我们工作一天回到家中，通常感到心有余而力不足，于是通过上网或观影填充大脑，或借助烟酒松弛神经，麻痹自我。这些廉价的休闲方式如果不是有害身心的，至少也是消极被动的。契克森米哈赖评论道：“这些方法固然能带来短暂的振奋，但事后往往只残存一丝黯然惆怅之感。”“要想让闲暇时间得到最妥善的运用，就得付出工作般的专注与才智。主动式休闲有助于个人成长，但过程却不轻松。”工作的时候像游戏，游戏的时候像工作，两者就都达到了最优状态。

美国作家安·兰德（Ayn Rand）曾解释她为何喜欢集邮：“集邮的快乐在于人们可以用一种特殊的方式使用自己的大脑。……它（集邮）有一个自己独立的奇妙世界，能够牢牢抓住一个人的注意力，使他从烦恼和压力中暂时解脱出来。”在她看来，集邮这种爱好适合那些目标明确和工作忙碌的人。这些人“需要另一条轨道，但还是为了同一个目的。也就是说，他们需要改变一下主题，但用的是相同的思维方式”。

与兰德的集邮爱好相似，我的休闲活动之一是收集电子书。目前我的电子图书馆共有近四万册藏书。用电脑整理这些书籍花费了我不少时间和精力，可将它们分门别类本身就带给我极大乐趣。我的相当一部分研究工作也属于分类和归纳，整理电子书就相当于兰德说的“另一条轨道”。每当我想到人类文明的结晶以书籍的形式存放于我的电脑中，像一支完成整编的军队随时待命，就会产生一种妙不可言的奇幻感受。可见，如果一个人热爱工作，他的爱好也应当与工作的性质类似，这样他最有可能从两者中获得心流体验。

除了上述忠告，契克森米哈赖还建议我们注意休闲活动的“性价比”。一个人收集邮票或电子书也要有所花费，可总比出国旅游或购买奢侈品经济，而前者带来的快乐并不见得比后者少。《发现心流》一书指出：“我们从休闲中所获得的愉悦与乐趣似乎与消耗的能量毫无关系——就算有，也是负面的。必须动用人类技能、知识及情绪的低科技活动，并不比使用大量器材、靠外在能源代劳的活动差——事实上，两者的回馈相差无几。畅谈、读诗、园艺、担任义工或学习新事物所消耗的资源相对要少，但乐趣却不低于耗去十倍资源的活动。”

有些主动性休闲需要群体参与。下棋至少要两个人，打麻将需要四个人，踢足球需要一堆人。收藏爱好者也很少孤芳自赏，他们喜欢将藏品与同好交流。安·兰德就是其中一位：“在集邮者中有一种今天非常罕见的‘兄弟之情’——有着相同价值观的兄弟之情。”我们的心流虽然发自内里，与同伴一起体验却会增加其快感，孟子也说过“独乐乐”不如“众乐乐”。

对于人际互动，契克森米哈赖也提了两条忠告，一是“找出自己与别人目标的一致性”，二是“愿意关心别人的目标”。“将自身的经验或专业知识应用在对方所提供的话题中，但切勿喧宾夺主，只需应和接话即可。”这就好比谈恋爱，两个人能谈到一起，一定有些志同道合的爱好，但也不可能完全一样。基于个人经验，我更乐于参加五人左右的饭局——少了可能不够热闹，多了就会缺乏共性。当背景相似，兴趣相近，人数适中时，聚在一起聊天的效果最好，也最可能产生心流的共鸣。

据契克森米哈赖考证，英文中的“自得其乐”（autotelic）由“自我”（auto）和“目标”（telos）两个希腊字根组成。一项爱好让我们自得其乐，爱好本身就是目的。一旦掺杂了其他动机，我们或许更有兴趣投入其中，却会失去纯粹的快乐。例如，张三购买藏书，不仅为了自己阅读，也为在朋友面前夸耀学识。李四学习英语，不仅为了欣赏原著，更是为了职场晋升。我们的快乐来自他人的承认，来自外界的回报，但终究来自内心的愉悦。最后，我以书中的精彩段落作为结语，祝愿读者也成为这样的人：

“具有自得其乐性格的人，不太需要物质财富、娱乐、舒适、权力或名望，因为他所做的事情本身就已经是一种回馈。由于这种人不论在工作、家庭生活、人际互动、饮食甚至是独处时，都能感受到心流，因此不太会依赖外在的报酬行事，过着沉闷枯燥、了无意义的公式化生活。他们不受外来事物的威逼利诱，显得较自动自发、独立自主，因为全心投入生活，他们对身旁诸事也多多参与。”

（2018 年 1 月《发现心流》一书序言）